「もう、いく……っ」

唇が離れたときにそう告げると、エリアスが微かに笑う。年下相手に余裕がないのは情けなかったが、我慢できそうにない。彼が達する前に達してしまうのが少し悔しい。

「もう少し楽しませてくれ。あんたの中は、想像以上に……いい」

標的は貴方

成宮ゆり

18490

角川ルビー文庫

目次

口絵・本文イラスト／高崎ぼすこ

標的は貴方

三月二十四日、東京都港区赤坂十二丁目にあるホテルの一室で厨子《ずし》基地に籍《せき》を置く軍人が、日本人女性と共に銃殺《じゅうさつ》されているのが、従業員によって発見された。窓越《ご》しに二発。弾丸《だんがん》は500m以上離《はな》れた場所から発射されたと推測される。状況《じょうきょう》から見て、女性は巻き込まれたに過ぎず、狙《ねら》いは軍人だというのが、両国共通の見解だ。だから捜査《そうさ》は同盟国の海軍犯罪捜査局任せになると、最初から分かっていた。そのため日本側の捜査が進まずとも、問題はないはずだった。被害《ひがい》女性の祖父が一般《いっぱん》人であれば。

面倒《めんどう》なその事件の捜査本部は警視庁に置かれることになった。捜査主任官は宇田川《うたがわ》悠貴《はるき》。

つまり、俺だ。

そのドアが開いたのは、俺が今後の捜査計画を丁度説明し終わったときだった。

会議室には外務省の役人、そして向こうの国の捜査官、この基地の統括《とうかつ》責任者であるブラッド将軍が並んでいた。

「今回の事件はとても複雑だ。是非《ぜひ》とも機密性を保った捜査を心がけて頂きたい」

将軍は重苦しい声でそう言った後で、部下に命じて一人の男を連れてきた。

海と森を混ぜた美しい青緑の瞳《ひとみ》。そして、その二つの玉を引き立てる白に近い金色の髪《かみ》。

最初に飛び込んできたのは、鮮やかな二つの色彩《しきさい》だった。

続いて椰子《やし》の木が描《えが》かれた真っ赤なアロハシャツと、木目調のウクレレ。ウクレレ？

「連れて来るのが遅《おく》れて申し訳ない。ようやく紹介《しょうかい》できる」

この状況に最もそぐわない恰好《かっこう》に言葉をなくしていると、背後の軍人に押されて部屋に入ってきた彼を見て、ブラッド将軍が「ハッピー」と口にした。砂漠《さばく》を連想させる低い声は、男に会えた喜びを表しているとは言い難い。一体彼は誰《だれ》なんだと、視線を将軍に戻《もど》す。

「暗号名はハッピー、私の知る限り最も優秀《ゆうしゅう》な狙撃《そげき》手だ」

共に基地を訪《おとず》れた外務省の役人は、冗談《じょうだん》と取るべきか真剣《しんけん》に受け入れるべきか分からないという顔で、男と将軍の間で視線を彷徨《さまよ》わせた。その戸惑《とまど》いには共感できる。「最も優秀」「狙撃手」、どれも男には相応《ふさわ》しくない。唯一《ゆいいつ》「ハッピー」という単語だけが、彼に似合っていた。

「お願いしたのは被害者《ひがいしゃ》の情報提供だったはずですが、一体どういうことでしょうか」

同盟国の将軍は役人の文句に気分を害した様子で、眉根《まゆね》を寄せる。

「捜査に協力しろと言うから、アドバイザーとして最高の兵士を用意した。まだ何か文句があるのか？」

威圧《いあつ》的に話をすれば、俺達が黙《だま》って状況を受け入れると考えているのかもしれないが、流石《さすが》に無理がある。役人と将軍がお互《たが》いの主張を曲げずに見つめ合っていると不意に、ウクレレの男が悲しげなメロディを爪弾《つまび》いた。アレンジされているが、サティの『ヴェクサシオン』だ。因《ちな》みにフランス語で〝嫌《いや》がらせ〟を意味する。どうやら男もこの会合を、歓迎《かんげい》していないらしい。誰一人満足でも愉快《ゆかい》でもないのに、渦中《かちゅう》の人物が「ハッピー」だなんて、酷《ひど》い皮肉だ。

「いえ、ですが……これでは約束が違《ちが》います。被害者の情報提供はして頂けないのですか？」

困惑《こんわく》と苛立《いらだ》ちが混ざった声音《こわね》で、役人が抗議《こうぎ》する。将軍が厳《いか》めしい顔をさらに顰《しか》めて唇《くちびる》を開いたとき、それまで黙っていた男がボインとウクレレを鳴らした。

その間抜《まぬ》けな音を耳にして、この件を一任されたときから感じていた疲労感《ひろうかん》が、弥増《いやま》す。

「日本人もこう言ってるし、もう帰っていいか？　俺は休暇中《きゅうかちゅう》なんだ。ウクレレ教室もあるし」

男はこの場にいる同盟国側の面々を見渡《みわた》す。彼を除いて部屋の中にいる同盟国の人間は五人だ。将軍の部下が二人、そして海軍犯罪捜査局の捜査官が二人だ。しかし誰も喋《しゃべ》らない。

彼らの返事を促《うなが》すように男は「それにどうせアジアに来るなら、バリかプーケットみたいなビーチが綺麗《きれい》なところが良かった」と愚痴《ぐち》る。馬鹿《ばか》な大学生だって、もう少し空気を読む。

どう贔屓目《ひいきめ》に見ても先程《さきほど》将軍が紹介したような人物には思えない。

まだ最高の狙撃手ではなく、最高のウクレレ弾《ひ》きと言われた方が納得《なっとく》できる。

「大体、あんたらは誰なんだ？」

男は大して興味も無さそうにこちらに視線を向ける。むしろ俺の方が男に尋《たず》ねたい疑問だ。

黙ったままの俺の代わりに、役人は気を取り直すように咳払《せきばら》いをすると、長い肩書《かたが》きの後で

名前を口にした後で俺を見る。先に将軍に名乗っているので、二度目の自己紹介だ。

「警視庁刑事《けいじ》局外事部特殊《とくしゅ》犯罪対策課九係の宇田川です」

正確に言えば、俺は警察庁の人間だが、現在は「警視庁」に出向している。

その辺りは込み入っているので、わざわざ説明する気にならず、詳細《しょうさい》は省く。

会議室にいる日本人は二人だけだ。事前に「大勢で来られても困る」と要望があったため、外務省と警視庁から代表だけが出向くことになったが、元々日本側はこの件に人を割《さ》く予定はない。事件の捜査は消化試合みたいなものだ。結末は決まっている。降格後の最初の仕事がこれだなんて、笑えない。しかも新たな捜査協力者はやる気がないどころか、素性《すじょう》すら怪《あや》しい。

「ウタ・ガワ？どっちが姓《せい》でどっちが名前？」

「宇田川が姓で、悠貴が名前だ」

「なんだか警察らしくないな。政治家に見える。少なくとも俺の知ってる警察はもっと汚《きたな》いか、もっとタフだ。技術職か何かか？」

兄と父親は両方とも政治の世界にいる。もしかしたら俺にも、彼らと同じ匂《にお》いが染《し》みついているのかもしれない。尤《もっと》も随分《ずいぶん》長い間、彼らとは会っていないが。

「君も、狙撃手には見えない」

馬鹿には見えるが、という言葉は初対面の男に対する最低限の礼儀《れいぎ》として、飲み込んだ。

すると男は同盟国の人間がよくやるように、両手を広げて不満を表した。そして落ちかけたウクレレが地面に着く前に足で軽く蹴《け》り上げると、再び手の中に納める。

「確かに人選ミスだ。もっと狙撃手に見える奴《やつ》を連れて来いよ。険しい皺《しわ》が眉間《みけん》に刻まれてるとか、全身黒ずくめでサングラスをかけてるとか、影《かげ》を背負ってる寡黙《かもく》な男とか」

男は控《ひか》えていた軍人に言いたいことを言うと、誰かが反論する前に勝手に退出しようと足をドアの方に向けた。しかし部屋を出ることは敵《かな》わなかった。将軍は何も指示をしなかったが、男が踵《きびす》を返し終わる前に、入り口の所に立っていた軍人が男を蹴って素早《すばや》く跪《ひざまず》かせた。

がくんと膝《ひざ》を折った男は「手荒《てあら》く扱《あつか》うな。妊娠《にんしん》してるんだ」とこの期《ご》に及《およ》んでふざけた台詞《せりふ》を吐《は》いたせいで、顎《あご》まで床《ゆか》に付けるはめに陥《おちい》る。それを目にしてますます彼が優秀な狙撃手であるという話に疑問を持つ。いや、仮にそうであったとしても元々アドバイザーの要求なんてしていない。この不可解な状況に溜《た》め息を漏《も》らしかけたときに、将軍がようやく口を開いた。

「失った名誉《めいよ》を取り戻したいとは思わないのか？　これはお前にとっても良いリハビリになる」

「折角《せっかく》だけど、欲しい物はみんなウォルマートで売ってるよ」

男は背中にのし掛《か》かる軍人を見て「ハニー、また太ったんじゃないか？」と言った直後に呻《うめ》く。俺の位置からはうまく見えないが、どうやら指を良くない方向へ曲げられているようだ。痛めつけられてもふざけるのを止めない精神を、不屈《ふくつ》と評価すべきかどうか迷いながら見下ろしていると、滅多《めった》に見られないような美しい色の瞳がこちらを向き、細められる。

光の具合で虹彩《こうさい》の濃淡《のうたん》が変化するのが、単色構成の万華鏡《まんげきよう》のようだと思った。一瞬《いっしゅん》息をするのを忘れたのはその鋭《するど》さにか、もしくはその美しさ故《ゆえ》にかもしれない。

いや、後者だとは思いたくなかった。いくら最近は仕事ばかりだとはいえ、こんなおかしな男に興味を持つなんて、どうかしている。

「誰でもいいなら俺じゃない方がいいぞ」

警告めいた台詞を聞いて、思わず日本語で「俺に決定権はないんだ。お前と同じくな」と告げる。どうせ正確な意味は伝わっていないだろうが構わなかった。

彼の目は相変わらずこちらに向けられている。このまま見合っていたらその色が網膜《もうまく》に焼き付いてしまいそうな気がして、俺はそっと彼から視線を逸《そ》らした。


背後からウクレレの「バイバイミスアメリカンパイ」が聞こえて来る。

日本の領海内にありながらも、治外法権である同盟国所有の海上基地は陸地から800mほど離された埋《う》め立て地に建設されている。地上とは細長い海上道路で繋《つな》がっており、その道の終わりと始まり両方に強固なゲートが作られている。勿論《もちろん》道自体も頑丈な柵《さく》に覆《おお》われていた。

我々の車は、第一ゲート外の駐車場《ちゆうしや》に置き去りになっている。基本的に海上道路を走れるのは登録車だけだ。だから第一ゲートまでは、同盟国の軍人が運転する車で向かった。三列シートの中央列に俺と役人が、後部座席には両方を屈強《くつきよう》な軍人に挟《はさ》まれたウクレレ男が乗っている。

会合ではあの後、海軍犯罪捜査局の捜査官が捜査状況《そうさじようきよう》に関して当たり障《さわ》りのない追加情報を漏らした後で、ウクレレ男の立場を説明した。納得できない部分も多かったが、外交的な問題には口を出す権限がないので、役人が彼と話を纏《まと》めるのを黙って聞いていた。

『ということで、彼は病気療養《りょうようきゅうか》休暇中のため、任務としての捜査協力ではありません。そのためこちらから彼のサポートはできないのです。滞在《たいざい》中の諸事に関してはそちらに一任します』

会合を締《し》め括《くく》った捜査官の言葉を本音に訳せば「善意の捜査協力ってことで引き渡《わた》すのだから、そいつの衣食住はお前たちが世話をしろ」ということになる。本来要求した被害者の情報は手に入らず、正体不明のアロハ男を押し付けられるなんて、今回の交渉《こうしょう》は惨敗《ざんぱい》だった。なのに外務省の役人は、先方の捜査官を労《ねぎら》っていた。役人の仕事は事件の解決ではなく、円《えん》滑《かつ》な外交関係なのだからその態度に不思議はないが、不満はある。

しかしだからといって、文句を言える立場にはない。貧乏籤《びんぼうくじ》を引いた自分を呪《のろ》い、ため息を飲み込んで車窓に視線を移す。ゲートの先は神奈川県に繋がっている。基地建設当初は相当数の反対住民が連結地点のゲートを取り巻いていたが、現在は閑散《かんさん》としていた。ゲートをくぐり車を降りると、途端《とたん》に冷たい風が海の方から吹《ふ》き付けてきた。

見送りのために軍人二人が車を降り、犯罪者のようにウクレレ男も連れ出される。肌《はだ》の露出《ろしゅつ》が多い分、男は嚙《か》み付く寒さの春先の海風に体を震《ふる》わせた。病気療養休暇中というのは、恐《おそ》らく頭か心が原因なのだろうと、改めてその恰好の異質さに疲労《ひろう》を覚える。

「では、そちらの捜査が進展するように、願っています」

ハニーと呼ばれた軍人は礼儀《れいぎ》正しい言葉をくれた後で、男の手からウクレレを取り上げ、

「音楽は死んだ」と彼が弾いていた曲に出てくるフレーズを口にして、楽器を二つ折りにした。

生演奏を鬱陶《うっとう》しく思っていたのは、俺だけではないらしい。

そうしてその場には俺と役人、折られたウクレレと元ウクレレ男が残された。

捜査のアドバイザーだとは言われたが、どう扱《あつか》ったらいいのか分からなくて途方《とほう》に暮れる。

「ハッピーと呼べばいいのか？」

予想外の事態に戸惑《とまど》いながらも問いかけると、男がこちらを向く。外国人の年齢《ねんれい》は分かりづらいが、顔立ちから見て恐らく年下だろう。これで年上なら俺の精神的苦痛が増す。

「エリアス・ベックだ。ベックでもエリアスでも好きに呼んでいい。けど、ハッピーは駄目《だめ》だ。その呼び方は気に入ってないし、こんな寒い国に連れて来られて、全然幸せな気分じゃない」

確かに春先の海辺は暖かいとは言い難《がた》い。特に彼の恰好ではそうだろう。

「ならエリアス。ところで、今回の件に君はどういう形で協力してくれるんだ？」

今回の事件の被害者《ひがいしゃ》もベックなので、混同しないように名前で呼ぶことに決める。

「俺が知るかよ。浜辺《はまべ》でディアボロを飲んでたら、いきなり悪魔《あくま》みたいな連中に拉致《らち》られて、気づけばヘリの上だ。パスポートも財布《さいふ》も全部ホテルだから勝手に帰ることもできない。無理に逃《に》げ出せば、ブラッドは俺をAWOLで脱走《だっそう》兵扱いにするだろうしな」

軍人が公務で入出国する場合は、パスポートは必要ではないのでそれは問題ないが、拉致ら

れたというのは穏《おだ》やかではない。尤も、彼の言葉にどこまで信憑性《しんぴょうせい》があるのかは不明だが。

「とりあえず捜査に協力してもらう前に、その服装はどうにかした方がいいな」

俺がそう言うと、エリアスはアロハのポケットからカードサイズのマネークリップに挟まれた紙幣《しへい》を取り出して「俺の所持金はこれだけだ。服を買うよりも、飯と宿を確保したいね。それともあいつらが頼《たの》んだ通り、俺の面倒《めんどう》はそっちがみてくれるのか？」と口にした。

その台詞に外務省の役人が俺をちらりと見る。どうやら、この厄介《やっかい》なアドバイザーに関《かか》わる気はないようだ。気持ちは分かる。俺だって誰《だれ》かに押し付けてしまいたい。

「そうするしかないだろうな」

捜査の協力者なのだから、俺が引き受けるしかない。これでエリアスをゲートの向こうに帰せば、その瞬間《しゅんかん》「捜査が終了《しゅうりょう》したからアドバイザーを返した」と受け取られるに違《ちが》いない。むしろそれによって「日本側の捜査終了」も目論《もくろ》んでいるだろう。やはり今回の交渉は惨敗だ。

「そうか。ならさっさと俺のホテルに行こう。ここは寒すぎる」

柔《やわ》な台詞に、本当に軍人なのかまた疑い出したときに、目の前に黒塗《くろぬ》りの車が止まる。運転しているのは役人の秘書官だが、彼や彼の上司が促《うなが》すよりも早く、男はその車に乗り込んだ。

後部座席で早速《さっそく》運転手に「暖房《だんぼう》を強くしてくれ」と頼むエリアスの声を聴《き》いて、俺は車外で役人と顔を見合わせた。無言で小さく首を振《ふ》って助手席に乗り込んだ役人の後で、仕方なく男の隣《となり》に乗り込む。

するとエリアスは「ところで腹が減ってるんだ。何か食い物持ってないか？」と口にした。

「指でもしゃぶってろ」

外交の事も忘れて思わずそう口にすると、エリアスは「しゃぶるよりしゃぶらせる方が得意なんだ」と下品なことを言い出す。前途《ぜんと》の多難さに、眩暈《めまい》を感じた。

「その殺された軍人っていうのは、日本にいて腑抜《ふぬ》けたのかもな」

事件のあった部屋で棒状のチョコレート菓子《がし》を齧《かじ》り、エリアスは穴の空いた窓辺に立つ。菓子は四層になっている。ウェハースとクッキーが重ねられていて表面をチョコレートで包まれていた。先程《さきほど》からクッキーともウェハースともつかない欠片《かけら》が、カーペットに零《こぼ》れている。

コンビニで強請《ねだ》られて買い与《あた》えたが、こんなことなら要求は無視すべきだった。尤も、俺が買い与えなければ役人が与えていただろう。何せ秘書官の持っていたタブレット型の清涼剤《せいりょうざい》を一気に飲み込んだ上に、車内に食料がないと知ったら「コインはあるか」と訊《き》かれた。

とりあえず何かを口に入れて、出た唾液《だえき》を飲み込むことで空腹を紛《まぎ》らわせるのだと聞いて、仕方なくコンビニの前で車を停《と》めて、男に好きなものを選ばせたのが一時間近く前だ。以降延々と食べ続けているせいで、袋一杯《ふくろいっぱい》だった食い物はあと一本のチョコレート菓子を残すのみだ。

「被害者もお前には言われたくないとは思うが、どういう意味だ？」

すでに現場検証は済んでいるとはいえ、マーカー痕《あと》の上に落ちたクッキーをうんざりした気分で眺《なが》める。褒《ほ》められた行為《こうい》ではないが、咎《とが》める気力はここに着く前に削《そ》がれている。

役人の車で本部に送り届けられた際に部長にも事情を説明した。この件の責任者は俺だが、捜査に部外者が急遽《きゆうきよ》加わるとなったら、流石《さすが》に上に話を通さないわけにはいかない。部長は、飴《あめ》に付いた棒を唇《くちびる》から出したまま握手《あくしゆ》に応じるエリアスを見てから「ま、頑張《がんば》って」と俺を労った。あからさまにこの件の責任者が自分でないことを、神仏に感謝している様子だった。

「こんなに眺めの良い部屋で、カーテンを閉めないなんて、警戒心《けいかいしん》がないにも程があるな」

エリアスは最後のチョコバーを齧《あ》りながら、割れた窓の下を見下ろす。警戒心がないのは自分も同じじゃないかと思ったが、敢えて何も言わずにその均整の取れた後ろ姿を眺めた。

窓にはこれ以上崩壊《ほうかい》が進まないように保護がかけてあるが、ひび割れの状況《じようきよう》からどの辺りに弾丸《だんがん》が命中したのかは正確に読み取ることができた。

弾道《だんどう》から予測された射撃場所《しやげき》は、ここの向かいのホテルだった。しかしわざわざ教えずとも、エリアスは射撃場所のビルを一瞥《いちべつ》し「あのビルから撃《う》って、二発とも当てたのは凄《すご》いね。天才的だな」と、最後の一欠片を腹に収めてから口にする。

「よくわかるな」

「硝子《ガラス》が割れてても窓の穴と血痕《けつこん》を見れば、角度は推測できる。そう難しい話じゃない」

「なるほどな。だけど、５００ｍ程度しか離《はな》れていないのに、天才的は褒め過ぎじゃないか？」

感心しているのが意外で疑問を差し挟むと、彼はチョコレートのついた手をハーフパンツで拭《ぬぐ》い、「弾《たま》は風と重力の影響《えいきょう》を受ける。距離《きょり》に比例してその影響力は強まる」と説明した。

「５００ｍは充分凄《じゅうぶんすご》い。しかも対象の周囲に指標となる物がないから観測法は使えない。気流が違うから雲は役に立たないしな」

知識として、狙《そ》撃《げき》手は風の影響を考慮《こうりょ》して狙撃を行う事は知っていた。その際に目標物との間にどの向きでどの程度の強さで風が吹《ふ》いているのかは、草や木、旗や煙《けむり》の流れを元に判断することも。けれど今回の条件がどれほど難しいかは、判断ができなかった。

「弾道計算用システムがあるんじゃないか？　今は何でもシステム制御《せいぎょ》だろ？」

「ビル間の対流現象を正確に予測するのは、三百万のシステムでも不可能だ。そうなると照準調整は経験と感覚が頼《たよ》りになる。狙撃はスポーツと同じだ。ある程度は努力で到達《とうたつ》できても、そこから先は天賦《てんぷ》の才能だ。でも、なんでこんな精度の落ちる場所で狙撃したんだろうな？」

エリアスは疑問をこちらに投げかけた後で、室内に視線を巡《めぐ》らせた。ただの馬鹿《ばか》な観光客にしか見えなかった男が、真面目《まじめ》に状況を分析《ぶんせき》しているのを見て、少し見直す。

「何を探してるんだ？」

弾丸なら被害者の体を突《つ》き破った後で壁《かべ》にめり込んでいたのを、既《すで》に鑑識《かんしき》が持って帰っている。原形を止《とど》めない程に潰《つぶ》れていた。もし探しているのが弾丸でなかったとしても、肉眼で見付けられるような証拠《しょうこ》は、すでに鑑識が全《すべ》て見付けている筈《はず》だ。

「食べ物。ウェルカムケーキや、ウェルカムフルーツ、ウェルカムドリンクなんかないのか？」

先程の感心を撤回《てっかい》する。その食欲《しょくよく》に呆《あき》れながら、ずっと飲み込み続けた溜息《ためいき》を吐《は》き出す。

「生憎《あいにく》だがそういう物はここにはない。人が死んだ部屋でよく何か食おうと思うな」

俺の返答を聞いて、エリアスはやはりバリに行けば良かったという顔をした。

「あんたは警察にしては繊細《せんさい》すぎるな。文句ばっかり言ってると、嫌《きら》われるぞ？」

「お前に嫌われるのは本望《ほんもう》だ。大体、自国の人間が死んでるんだから、お前こそ神経質になるべきなんじゃないのか？　海軍は仲間意識が強いと聞いていたが」

もはや丁寧《ていねい》な態度をとる気はなくなっていた。礼を返さない相手に礼を尽《つ》くす必要はない。

「俺は海兵隊だ。大体、面識もない奴《やつ》の死を悲しむほど繊細なら、狙撃手なんか務まらない」

お前には何の仕事も務まらなさそうだ、とアロハシャツを見ながら思っていると「どうせお互《たが》い暇《ひま》なんだから、気楽にやればいいだろ？」と、彼が面倒臭《めんどうくさ》そうに言った。思わず「どういう意味だ」と尋《たず》ねる。この件に携《たずさ》わってから溜《た》まり続けた鬱憤《うっぷん》のせいで、声がきつく尖《とが》った。

「こんな案件に回された時点で、あんたが有能な捜査官の訳がない。この事件で得られるのは徒労か、罰則《ばっそく》だけだ。真面目に捜査するなんて馬鹿らしい。俺が狙撃犯なら、とっくに日本を出ている。次の目標がまだここにいるなら別だけど、そうじゃなきゃ留《とど》まる理由がない」

確かにその通りだ。それは誰もが分かっているが、分かっていても建前というものがある。

「俺だって狙撃が終われば、すぐに退却《たいきゃく》する。そもそもこれは海軍犯罪捜査局の扱《あつか》いだ。日本の警察がどんなに真面目に捜査をしてもろくな情報は得られないし、下手に捜査を押し進めて核心《かくしん》に迫《せま》れば、何が出るか分からない。だから形だけの捜査が正解だ。分かるだろ？」

エリアスはそう言うと窓から離れた位置のソファにどさりと座る。

言っている事は正しいが、今まで誰もそれを明確にしようとはしなかった。明確にしても、仕方ないと分かっていたからだ。

「そうだな。確かに俺は出世から外れた人間だ。捜査《そうさ》に関しても、お前の言い分は全て正しい」

死体があった位置を示すマーカーを見下ろす。キース・ヘリングの絵のような形にうねる白線は、実に無機質だ。血痕が残っているが、そこに死体があったという現実みは薄《うす》い。

この部屋で二人の人間が死んだが、片方は同盟国籍《どうめいこくせき》の軍人で、犯人はエリアス曰《いわ》く天才的な狙撃手だ。恐《おそ》らくは日本人ではないだろう。現場が日本であっても、我々が捜査して進展するとは思えない。未《いま》だ、犯人の動機すら分かっていないのだから。

「しかしだからといって、邦人《ほうじん》も巻き込まれている事件で場所が日本なら、捜査をしないわけにはいかない。犯人が国内にいないとしても、名前を割り出す必要がある。被害者のためにも、残された遺族のためにもな」

俺の言葉にエリアスは皮肉げな笑《え》みを浮《う》かべる。

「狙撃手ってのは、何故《なぜ》か何奴《どいつ》も人の思考を読むのがうまいんだ。俺も例外じゃない。あんたがそういうことを言うと、偽善《ぎぜん》の匂《にお》いしかしない。本音を言えよ。別に告げ口なんてしないから」

確かに被害者女性のためというのは建前だが、残された遺族のためにというのは間違《まちが》っていない。犯人を特定しなければ、彼女の祖父の怒《いか》りが治まらない。孫が金と引き替《か》えに性的な行為をホテルで行っていると知った怒りと、孫を殺された怒りが混ざり合って、元党首はこの件に関してかなり過敏《かびん》になっている。万が一同盟国任せにして、犯人の潜伏《せんぷく》先どころか名前すら分からない捜査結果になれば、怒りの矛先《ほこさき》は警察に、ひいては主任官の俺に向けられるだろう。

迷惑《めいわく》な話だ。しかし逆にチャンスでもある。もう一度出世のレールに戻《もど》るには、それなりの手柄《てがら》が必要だ。この厄介《やっかい》な案件をうまく片付ければ、同盟国よりも先に有力情報を手に入れれば手柄になる。けれどそんな内情を知り合ったばかりの相手に告げる気にはならない。

「顔を合わせた時から偏見《へんけん》があっただろう？　そのせいでそう感じるんだ」

「偏見？」

「政治家みたいに見えると言っていただろう？　お前はそういう奴が嫌いなんだろう？」

「別にあんたのことは嫌いじゃない。お菓子も買ってくれたしな」

子供じみた理由には呆れたが、自腹ではなく捜査経費として請求《せいきゅう》するつもりなので、鷹揚《おうよう》に構えることにした。それに軍の中でエリアスがどんな立場かは知らないが、浜辺《はまべ》から捕獲《ほかく》されて異国の地に放《ほう》り出されるなんて、流石に気の毒だ。

彼らは金どころか、ジャケットや靴《くつ》すら与えなかった。彼が今履《は》いているのはサンダルだ。尤《もっと》も与えられたところで、この男が素直《すなお》にそれらを受け取ったかは怪《あや》しいものだが。

「だったらその分の働きはしてみせろ。日本には働かざる者食うべからずという諺《ことわざ》がある」

「それはパウロも言ってる。でも、働きたくても働けない者は除かれる。さっき聞いてなかったか？　俺は病気療養《りょうよう》休暇《きゅうか》中なんだ。ビーチで寝《ね》そべって酒飲むのが一番の治療《ちりょう》なんでね」

「そうか。お前が働かないなら〝アドバイザーは実に非協力的で、残念だが彼を派遣《はけん》した同盟国の誠意を疑わざるを得ない〟と外務省から正式に抗議《こうぎ》させて貰《もら》う。その際に解決案としてお前がハニーと呼んだ軍人も一緒《いっしょ》に行動してもらうよう要請《ようせい》するが、構わないな？」

「分かったよ。じゃあ向かいのビルにも行ってみるか。でも、その前に服を着替《きが》えて何か食わないと。あんたの奢《おご》りで」

　確かに次の現場をクッキーで汚《よご》されるのは困る。だから仕方なく了承《りょうしょう》して、ホテル内のレストランに連れて行ったが、仮に軍の施設《しせつ》でなくてもエリアスの恰好《かっこう》は場違《ばちが》いだった。

　夕食には早すぎるため、店内の客は殆《ほとん》どがお茶《ちゃ》とケーキを楽しむ女性ばかりだ。

　だからこそ恰好は奇異《きい》だが、顔が整っているエリアスに視線が集まるのかもしれない。

　体の線を誤魔化《ごまか》す緩《ゆる》い服を着ているが、高い身長と袖《そで》から露《あら》わになった筋肉質な手足は隠《かく》しようもない。

　そのうえ黙《だま》っていれば、知的に見える。ゲイ以外の同性から見ても魅力《みりょく》的に違《ちが》いない。黙っていれば。

「ビーフシチューと牛フィレのステーキ。ウェルダンで。あとサーディンとトマトとアボカドのサンドにイベリコ豚《ぶた》のグリル。ミートパイ。アイスはラムレーズンで。それから珈琲《コーヒー》を。温かいやつで」

エリアスは一気に言うと、パタンとメニューを閉じて青い装丁《そうてい》が施《ほどこ》されたそれを給仕《きゅうじ》に渡《わた》す。

俺は溜め息混じりに「ランチでいい」と告げる。肉ばかり頼《たの》んだエリアスに呆れながら「食べきれるのか？」と尋ねる。まるで保護者のような質問だと自分でも思ったが、段々彼は初見時に見積もった年齢《ねんれい》よりも、若いのではないかという気がしてきた。

将軍から得ることが出来た彼に関する情報は海軍所属の狙撃手で通称《つうしょう》ハッピーと呼ばれているということだけだ。

年上だったら興味を覚えただろうかと考えてみたが、仮に彼が年輩《ねんぱい》だったとしても、食指は動きそうになかった。どんなに容姿が整っていても、ここまで子供じみた変人は無理だ。

「散々殴《なぐ》られて吐いたせいで、胃が空っぽなんだ。あいつ、ぼこぼこ殴りやがって」

「あいつ？」

「あんたがさっき呼ぶって脅《おど》した男だ。俺のかわいいハニーはいつも言葉より先に手が出る」

「ハニーなんて呼ぶからだろう」

「呼ぶ前からだ。あいつの妹に手をだしたことで、俺を恨《うら》んでる」

今回の任務を放棄《ほうき》しようとして殴られたのかと思えば、理由が女性と聞いてますます呆れた。

「実の妹がお前みたいな軽そうな奴に遊ばれて、腹が立ったんだろ」

「確かに付き合う気はなかったけど、相手は成人した独身の女で、合意の上だ。避妊《ひにん》もした」

「なら、それは単なる口実で、ただお前が嫌いなんだろう。気持ちは分からなくもない」

何か言いたげだった彼が反論する前に、最初の皿が届けられた。

　こちらは前菜だが、エリアスの前にはサンドが置かれる。

　頼んだ量が違うのだから当然だが、俺の方が先に食べ終わり、エリアスを待つ。

　馬鹿《ばか》な失敗で降格させられるまで、過密なスケジュールで仕事をこなしていたので、こういう無駄《むだ》な時間は苦手だ。つい手持ち無沙汰《ぶさた》に携帯《けいたい》型の端末《たんまつ》を操作していると、無骨な動作でフィレ肉を切り取ったエリアスが「待つのが苦手か？」と訊《き》いてくる。

　食べ物を詰《つ》め込みながら話す男から視線を逸《そ》らし、「無駄な時間が嫌いなんだ」と返した。

「お前達みたいな仕事は、待つのが得意なんだろうな」

　エリアスは食器の音を立てながら肉を切り、「待つのも仕事の一部だからな」と答える。

「死者のための十字の中心に目標が来るまでひたすら待って待って、一発で仕留める。お陰《かげ》でレストランで料理が出てこないときや、バスが時間通りに来ないときも苛《いら》つかずに済む」

　死者のための十字、というのが何か分からなかったが、続いた台詞《せりふ》でそれがスコープの中心軸《じく》の事だと分かる。そういえば警察学校で初めて拳銃《けんじゅう》を撃ったとき、的の中心を狙《ねら》ってもうまくいかなかったことを不意に思い出す。当時は50ｍ先の動かない紙にすら満足に当てられなかった。いや、命中精度が低いのは今もだ。撃つ機会どころか、持ち歩く機会も少ない。

「最長何時間待ったことがある？」

　同盟国の狙撃《そげき》手と話せる事はそうない。何となく興味を引かれて尋ねる。

「四日。交代で対象者を待った。真夏にギリースーツ着て森に潜《ひそ》んでたから、最悪だった。虻《あぶ》にも蚊《か》にも食われたし、鰐《わに》にも食われそうになった」

「俺も張り込みで、五日間車に缶詰《かんづ》めだったことがある」

張り合うように口にすると、エリアスは片眉《まゆ》を上げて「六日間、敵の攻撃《こうげき》に晒《さら》されながらボトル一本の水だけで90㎞の距離《きょり》を歩いたことがある」と言った。

「それは……すごいな、どこかの戦場での話か？」

六日間90㎞と単純に考えると容易《たやす》いが、敵の攻撃を受けながらという点が肝心《かんじん》だ。加えて装備や、銃《じゅう》を持ち運ぶなら状況《じょうきょう》はかなり厳しい。一見頭が足りなさそうに見えても、修羅場《しゅらば》をくぐり抜《ぬ》けたのだろうと感慨《かんがい》深い気持ちで耳を傾《かたむ》けていると、エリアスは同盟国の州の一つをあげた。同盟国の本土が近年、敵の襲撃《しゅうげき》を受けた話は聞いていないと訝《いぶか》しく考えていると、エリアスは「軍の人間しか参加できない射撃《しゃげき》大会があるんだ。〝極限の状況でも問題なく殺《や》れる〟って証明するためだけに、ノイローゼになるほど追い込まれる」と続けた。

実際の戦闘《せんとう》ではないのかと気が抜けたが、演習であっても大変そうだと少し同情する。

「それで結局大会では何位だったんだ？」

エリアスは表情から相手の考えを読むのが得意だと言ったが、自分のことを読ませないのは得意じゃないらしい。あからさまに不満げに「失格」と口にする。

「敵の攻撃を受けて戦闘不能に陥《おちい》れば、その時点で終了《しゅうりょう》だ。二回参加したけど、二回とも終了時刻の二時間前に敵から攻撃を受けて、失格だ。どうせなら一日目になりたかったって二回とも思ったよ。二時間前ってポイント到着《とうちゃく》直前だぜ？　嫌《いや》がらせだね、あれは」

「犯人は待ちかまえてたんだろうな」

俺の質問にエリアスは「だろうな」と返して、「結局、二回とも大会での優勝者はなしだ。俺が最後の生き残りだったからな。射撃大会なのに、最終試験では一発の弾丸《だんがん》も使われなかった。試験官は翌年から替えられたよ」と口にする。

「お前は、そういう大会に興味があるようには見えないけどな」

知り合ったばかりだが、出世や肩書《かたが》きに興味が無いことは、上官への態度から想像が付く。

エリアスは「賭《か》けてたんだよ。俺が優勝したら三十万貰える筈《はず》だった」と打ち明けてから、運ばれてきたパイに、フィレに掛《か》かっていたソースが付いたフォークを差し込んだ。

パリパリとパイ生地《きじ》が割れる音を聞くともなしに聞き、「邪魔《じゃま》が入らなきゃ勝ってたか？」と食後の珈琲に口を付けながら尋《たず》ねる。エリアスの食事を待つ間に、珈琲は随分《ずいぶん》冷めていた。

「邪魔も含《ふく》めて試験なんだから、邪魔が入らなかったらなんて想像には意味がない。でも、勝つ気がしなきゃ始めない。狙撃手は無駄撃《むだう》ちを嫌《きら》うからな」

「らしいな。今回の現場でも撃ち込まれた弾丸は二発だけだった」

「狙撃手のプロファイルには、発射場所に行かないとな。でも現場を見て回るには、この服は人目につきすぎると思わないか？」

そういうとエリアスは、少し離《はな》れた所にいる女性達の方に顔を向けて微笑《ほほえ》んで見せる。途端《とたん》に華《はな》やかな表情を浮《う》かべる彼女達を見る限り、俺が世話を焼かなくてもこの国でうまくやっていけそうだ。

「強請《ねだ》るのも、取り込むのもうまいな」

人の財布《さいふ》を当てにしている男は悪びれもせずに、蜂蜜《はちみつ》を纏《まと》ったスプーンでアイスクリームを抉《えぐ》ると、「兄貴達からもよく言われてたよ」と、薄《うす》い唇《くちびる》をとろみのある乳白色で汚した。

その色がやけに性的に見えて、先程《さきほど》興味ないと断定したばかりの相手に動揺《どうよう》させられる自分の性癖《せいへき》を、僅《わず》かに恨んだ。

「だからって、なんで黒のスーツなんだ」

アロハ以上に不満を感じて文句を言ったが、エリアスもあまり気に入っていないらしく、未練がましく通りすぎる窓辺に飾《かざ》られたスーツに、視線を向けている。

すぐに受け取れるスーツが彼が気に入った物とは違ったとはいえ、金を出させておきながら失礼な奴《やつ》だ。しかし今着ている黒いスーツの方が、彼が欲しがっていた紫《むらさき》のスーツよりは良い。派手な赤いシャツといい、どうもこいつのセンスには問題がありそうだ。

「これならどこに居ても、不思議じゃない。市街地展開の作戦ではみんな替《か》えのスーツは用意してる。オフィス街に迷彩《めいさい》服の男がいたら、そっちの方が目立つだろ?」

同じ店で購入《こうにゅう》した革靴《かわぐつ》によって、図《はか》らずも〝黒ずくめの狙撃手〟が出来上がっているが、それを指摘《してき》したら不満が更《さら》に膨《ふく》らみそうだったので、言及《げんきゅう》はしなかった。しかし白いシャツと黒いスーツという無彩色《むさいしょく》の恰好は、予想外によく似合っている。美しい色の髪《かみ》と瞳《ひとみ》を持っているのだから、これ以上彼に無駄な色は必要ない。褒《ほ》めたら調子に乗りそうなので言う気はないが。

「みんなが買うのはブランド物のスーツか？」

「それは人によるかもな」

自分の金ではないとはいえ、遠慮《えんりょ》無く使う男に呆れながら、射撃場所とされたホテルに入る。

フロントで事情を説明すると一瞬《いっしゅん》嫌《いや》な顔をされたものの、すぐに以前捜査《そうさ》で訪《おとず》れたときに顔見知りとなった支配人が対応してくれた。その際、支配人は棒付き飴《あめ》を舐《な》めているエリアスを不審《ふしん》そうに見た。彼はそんな視線を意にも介《かい》さずに、飴を口の中でくるくる回している。何故《なぜ》分かるかと言えば、棒が微妙《びみょう》に動いているせいだ。棒付きの飴なんて買い与《あた》えなければ良かった。

そんなことを考えていると、不意に目が合う。

「監視《かんし》カメラの映像は確認《かくにん》したんだろ？」

「ああ。だけど不鮮明《ふせんめい》だ。丁度団体客と被《かぶ》っていてうまく映っていない。後で見せる。海軍犯罪捜査局の方でもそれを手がかりに調べて貰《もら》っているが、うまくいっているかどうかは分からない。何せ向こうからの捜査報告は滅多《めった》にないしな」

防犯カメラに映っていたのはサングラスをかけて俯《うつむ》く男だった。

髪型《かみがた》と背恰好《かっこう》ぐらいは判断できるが、狙撃手とチェックインした男が同一人物かは判断できない上に、髪型や体型は変装で誤魔化《ごまか》すことも可能なので、あまり頼《たよ》りにはしていなかった。

「そいつの名前は？」

その質問に、同盟国では有り触《ふ》れた名前を口にする。

「偽名《ぎめい》だろうな。そいつは部屋を一週間も前から取っていたそうだ」

エリアスは「逆に偽名じゃなかったらびっくりだよ。犯罪者がそんなに親切だったら、あんたらは随分人員削減されるだろうな」と笑ってから、支配人が案内する後を悠然《ゆうぜん》と歩く。

「このホテルのグレードは、良い方なのか？」

エレベータに乗った途端そう尋ねられて、返答に困った。

恐《おそ》らく支配人は英語ができるだろうから「中の中」とは言いにくい。だから素直《すなお》に答える代わりに「関係有るのか？」と尋ねるとエリアスは「犯人探しのヒントに」と口にした。

「もしグレードがそれほど高くないなら、複数の部屋を押さえておいて、何度か練習することもできる。相手がどの部屋に泊《と》まっても良いように」

「言い忘れていたけどな、向かいのホテルの窓に穴が開いたのは、今回が初めてだ」

先程馬鹿にされたので、こちらも馬鹿にするように言い返す。

しかしエリアスは「発射しなくてもいい。問題は角度だよ。それは高出力の赤外線レーザーポインタとスコープで合わせられる」と笑った。

「もし予《あらかじ》め合わせておくとしたら室内のどこに？　入り口は窓からは死角になって見えないぞ」

「俺なら、カーテンの位置と、枕《まくら》の位置両方に合わせるな。まぁ、枕の方が確実性が高いからそっちで仕留めたいけど。普通《ふつう》は真っ先にカーテンを閉めるから、カーテンの位置だな」

そう言いかけて支配人が一緒《いっしょ》にいたことを思い出して口を噤《つぐ》む。捜査協力のために、ある程度事情を話しているが、「軍人なのに警戒せずに窓辺に近づいたのか」という被害者の素性に絡む話は、ある程度の範疇《はんちゅう》の外だ。

「何故、被害者《ひがいしゃ》は……」

突然《とつぜん》言葉を切った俺に先を促《うなが》すようにエリアスがこちらを見る。

「被害者は？」

エレベータの背面は上半分が硝子《ガラス》仕様になっていた。空気を読めという意味を籠《こ》めた視線を向けたとき、丁度、晴天の外から差し込む西日がエリアスの瞳の中に差し込み、濃《こ》い青緑色の目が急に美しく透《す》き通る。青と緑がホログラムのように煌《きら》めいた。人体の構成物質は同じ筈なのに、一体どうやったらそんな綺麗《きれい》な色を作り出せるのだろうと、つい考えてしまった。

しかし目を奪《うば》われたのは色に対してだ。エリアスが自分の瞳を観賞《かんしょう》されていることに気付いて、僅かに眉《まゆ》を寄せるのを見て視線を逸《そ》らす。

同性愛者だとばれたかも知れないが、お互《たが》い大人だ。今後俺さえ気を付けていれば、仕事上気まずくなることはないだろう。しかしそう思った矢先にエリアスがはっきりと訊《き》いてきた。

「なあ……もしかしてあんた、ゲイなのか？」

遠慮も気遣《きづか》いも無い質問を受けて、反射的に唇が引きつる。

先程までプロ意識からか、聞かぬ存ぜぬを貫《つらぬ》いていた支配人の顎《あご》がぴくりと動いたが、気付かないふりで「いいや」と否定した。しかしエリアスは思慮《しりょ》深いタイプではないらしい。

「隠《かく》さなくてもいい。あんたや俺達みたいな仕事では同性愛者っていうのは嫌われやすいけど、俺は偏見《へんけん》は持ってない。物好きだとは思うけど」

　この手のセクシャルな話題は、外国人の方がマナーとして避《さ》けると思っていたが、この男は違《ちが》うらしい。尤《もっと》もこの男を軍人や同盟国人の指標に定めたら、各所から苦情が来そうだ。

「隠してない。自意識過剰《かじょう》なだけだろ？」

　確かにエリアスの言うことは間違《まちが》っていない。この世界で同性愛者が嫌われ易《やす》いということも、俺がゲイだということも合っている。しかし出会って数時間のエリアスに第三者のいる中で打ち明けたところで、何のメリットがあるとも思えない。確かに見た目は優《すぐ》れているが、彼とどうにかなりたいという下心はない。そもそも彼にとってそれは、知らなくてもいい情報だ。

「あんな熱っぽい目で見ておいて勘違《かんちが》いはないだろ。俺はゲイじゃないからあんたの相手はできないけど。悪いな。あんたが女だったら、喜んで応じただろうが」

　その屈辱《くつじょく》的な台詞《せりふ》に、彼と合同で捜査しなければならない運命を呪《のろ》う。今のところ顔以外に、褒めるべき点がみつからない。勿論《もちろん》俺は顔だけで相手を選ぶほど、若くも浅慮《せんりょ》でもない。

「将軍がお前を跪《ひざまず》かせたくなる気持ちが、よく分かる」

「ゲイのサディストか。相性《あいしょう》の良い相手を探すのは難しそうだな」

　からかう台詞に、本気でこの生意気な男を跪かせたくなる頃《ころ》、エレベータは高い音と共に止まった。早速廊下《さっそくろうか》に足を踏《ふ》み出してから、何度か訪れたことのある部屋に向かう。

　エリアスはきょろきょろしながらも、大人しく付いてきた。

「立ち会って頂かなくて結構です。鍵《かぎ》は後でフロントに戻《もど》しておきます」

部屋の鍵を開けて貰った後でそう伝えると、支配人は微妙な顔をして「ところで、いつ頃になったら営業できるんでしょうか。硝子の取り替えにも時間が掛かりますし、GWまでには営業再開したいのですが」と、ちらりと開いたドアから覗《のぞ》いた室内を見やる。

「現時点では何とも言えません。ご協力お願いします」

現場保存は同盟国側の望みでもあった。しかし既《すで》に向こうの検証は済んでいる。今回エリアスに部屋を見せれば、これ以上保存する必要もなくなるだろうが、円満な関係を継続《けいぞく》するためにも、同盟国に話を通しておく必要がある。今回の件は、普段《ふだん》よりも事情が複雑なので、手続きには煩雑《はんざつ》な物が多い。そのせいか事件発生から一月《ひとつき》経っても、捜査は遅々《ちち》として進まない。

俺は捜査主任官ではあるが、与えられているのは権限ではなく責任だ。メリットが少なく、手間ばかりの事件だが、それでも組織で生き残るには上手く立ち回る必要がある。

「分かりました。できるかぎり早くお願いします」

支配人は不満げな顔をどうにか繕《つくろ》って頭を下げると、廊下を曲がって行く。

「さっきの部屋の方がいいな。こっちのホテルは狭《せま》いし」

俺が支配人と話しているうちに室内に入ったエリアスはそう言うと、早速窓に開いた穴を見る。硝子カッターで切り取られたらしき円形の穴は銃口《じゅうこう》を突《つ》っ込むだけにしては大きい。

日本では狙撃《そげき》事件は少ない。狙撃手という肩《かた》書きが事実なら、射撃《しゃげき》に関する知識は俺より彼の方が遥かに上だろう。しかしこの失礼な年下の男に教えを請《こ》うのは精神的に楽しい作業じゃない。だからエリアスから話し出すのを待っていると、不意に彼は俺を振《ふ》り返って「射撃残渣《しゃげきざんさ》は？」と訊いた。射撃の痕跡《こんせき》のことだ。硝煙《しょうえん》反応や火薬残渣《ざんさ》とも言い換《か》えられる。

「現場には残っていない。証拠《しょうこ》を残さない慎重《しんちょう》な犯行だ」

そもそも遺体を発見したときには既に死後十数時間が経過していた。そこから弾道《だんどう》計算を行い、この部屋を割り出すには更《さら》に時間がかかった。切り取られた円形の硝子が、はめ込まれて瞬間接着剤《しゅんかんせっちゃくざい》で補強されていたため、外からは確認できなかったせいもある。派手な銃撃《じゅうげき》音がすれば不審に思った誰《だれ》かが通報したかもしれないが、聞き込みの結果、不審な音を聞いた者は一人もいなかった。減音器が使われていたのだろう。

「レーザーポインタは？」

不意にエリアスが予想外のことを訊いてくる。

「持っていない。必要なら誰かに持って来させるが……」

「ないならいい。紐《ひも》は持ってるか？」

「持ってない。何に使うんだ？」

エリアスは質問に答えずに、俺のネクタイに手を伸《の》ばす。

反射的にその手首を摑《つか》んで彼の行動を止める。彼は「ちょっと借りるだけだ」と、俺の警戒心《けいかいしん》を笑い、摑まれた自分の手首に咎《とが》めるような視線を向けた。仕方なくその手首から手を放す。

細身に見えるが摑んだ手首は俺よりも太く硬《かた》い。楽器だけを弾《ひ》いてきただけではなさそうだ。

「必要ならそう言え。自分で外す」

「俺に外された方が嬉《うれ》しいかと思って」

「男なら誰でもいいってわけじゃない。それに仕事に対して不誠実な奴《やつ》は苦手だ」

「なんだ。やっぱりゲイか」

失礼かつ変人で大食《おおぐ》らい、という彼への評価に自意識過剰を付け足し、ネクタイを外す。手渡《てわた》すと、エリアスはそれの端《はじ》を拳《こぶし》に巻き付けるようにしてきつく握《にぎ》り、腕《うで》を開いてピンッと水平にネクタイを張った。受け取る前に使用目的を言わなかった理由がわかった。そもそも俺だって訊くべきだったのだ。そうしなかった時点で、この男にペースを狂《くる》わされている。確実に皺《しわ》になるとネクタイを眺《なが》めた。こんなことなら先程《さきほど》エリアスがスーツを買った店で、ネクタイも買わせるべきだった。いや、レーザーポインタを用意しておくべきだった。

「それで何をするんだ?」

「どんな角度で撃《う》ったか判断するための参考にする」

エリアスは穴に近づくと両手を同じ角度で傾《かたむ》けていく。

ピンと張ったネクタイは銃身《じゅうしん》の代わりらしい。指をフロントサイトとリアサイト代わりにして、どの角度で銃《じゅう》が撃たれたか、穴の空いた硝子の傍《そば》で執拗《しつよう》に確認《かくにん》している。一応は真面目《まじめ》に仕事をする気になったらしい。その真剣《しんけん》な横顔を見て、ようやく彼が狙撃手らしく見えてきた。

「角度が分かったところで意味があるのか?」

「少なくとも、狙撃手が仕方なくこの場所から撃ったのか、それとも最初からこの場所をポイントに定めていたかが分かる」

「相手が泊《と》まるホテルが分からなければ、一週間も前に予約はしない。最初からポイントに定めていたに決まってるだろ？」

「複数の部屋を押さえていた可能性があるって言ったろ？　宿泊記録《しゅくはく》をシラミ潰《つぶ》しに調べて不審《ふ》《しん》な宿泊が他《ほか》の部屋にもなかったか調べるよりも、こうした方が捜査《そうさ》時間の短縮になる」

「言っていなかったが、向こうの部屋も二週間近く前に予約で押さえられていた。犯人はそれを知っていたんだろう。だから最初から、この部屋を選んだ」

それを伝えておけば、犠牲《ぎせい》にならないはずだったネクタイを眺める。騒《さわ》ぐほど高価な物ではない。ただ、本来の用途《ようと》以外で使われるのは、持ち主としてはあまり気分の良いことではなかった。

「なるほど」

納得《なっとく》したように呟《つぶや》いたが、まだネクタイを返してはくれない。横顔を眺めていたらまた勘違いされそうだと思い、何度も来た部屋を見回す。鑑識《かんしき》はこの部屋からは何も発見できなかった。いや、正確に言えばたくさんの物を発見したが、それが犯人に繋《つな》がる物かどうかは分からなかった。ここはホテルだ。一年で百人以上の人間がこの部屋を訪《おとず》れている。

特定できなかった毛髪《もうはつ》や指紋《しもん》が大量に鑑識に残っていた。

エリアスが手を弛《ゆる》めるのを見て、よれよれになってしまったネクタイに視線を向ける。

「この位置なら相手から発見される可能性は薄《うす》いけど、良い位置じゃないね。俺だったら、一つ下の部屋を押さえる。ここはあの部屋を狙撃するのにベストポイントとは言い難い。でも、対象が死んだ位置に立つと予《あらかじ》め知ってたら、それほど悪い位置じゃないけど」

「被害者《ひがいしゃ》が死んだ位置？」

確かにベッドの上でもカーテンの近くでもない。

「狙撃っていうのは、対象のことを徹底《てってい》的に調べるんだ。そいつの歩き方や癖《くせ》も。必要があればその身内や、馴染みのコールガールが金で動くような奴かどうかも」

「相手は軍人だろ？　どうやってリサーチするんだ？」

普段は基地の中にいる。まさか基地の人間が狙撃犯だとは思えない。

もしその可能性があるなら、最初から同盟国側は協力なんてしないだろう。少なくともその可能性を示唆《しさ》できる立場のエリアスを、こちらに寄越《よこ》したりはしないに違《ちが》いない。

「被害者の身近に犯人の協力者がいるか顔見知りか、どっちにしろ相手は経験豊富だ。プロだろうな。それにハニートラップは、神父にも軍人にも政治家にも金持ちにも使える最高の手だ」

「被害《ひがい》女性が協力者だと？」

「さあ、そこを調べるのはあんた達の仕事だろ。俺が分かるのは狙撃手のことだけ」

エリアスは途端《とたん》に興味が失《う》せたように、俺のネクタイで遊び始める。

リボン型に結ばれたそれを見て、これ以上皺を作られては堪《たま》らないと、彼の手からネクタイを引ったくった。しかしもう充分《じゅうぶん》に皺だらけで、再びそれを締《し》め直す気にはなれない。無言でそれをジャケットのポケットに突っ込んで、仕方なくボタンを上から二つ開ける。

ネクタイもないのにシャツを一番上まで閉めるのは恰好が悪い。しかしそれを見ていたエリアスがにやにやしながら「誘《さそ》ってるのか？」と冗談《じょうだん》混じりに言ってきたので、睨《にら》み付けておく。

彼のハニーがこの場にいないのが残念だ。何なら俺がやってもいい。華奢《きゃしゃ》に見えるがこれでも一応は大学時代に、格闘技《かくとうぎ》をやっていた。その方が採用試験の際に有利だったからだ。

実際、それがどれだけ内申《ないしん》に響《ひび》いたかは知らないが、警察学校の訓練中に大学生時代に鍛《きた》えていて良かったと痛感した。俺の体躯《たいく》を見て舐《な》めて掛《か》かってくる犯人や、同僚《どうりょう》や部下にもこの技術は有効だった。ただ感情に任せた挙げ句に、外交問題に発展するのは避《さ》けたい。

「同性愛者を執拗にからかったり、異様に嫌悪《けんお》するゲイフォビアには、無自覚の同性愛願望があるって説を知ってるか？」

俺の問い掛けにエリアスは「無自覚の、って付けたらなんだって言えるだろ。無自覚の窃盗《せっとう》欲求《よっきゅう》、無自覚の整形願望、無自覚のボディビルダーへの羨望《せんぼう》」と口にする。

「ああ、もしかしてあんたがさっき俺を見つめてたのも、無自覚だったのか？」

その質問に「本当に軍人かどうか観察していたんだ」と苦しい言い訳をすると「性的なものが入ってたみたいだけど」と、告解を促《うなが》すように首を傾《かし》げる。やけに自信ありげな男に、「お前は自分で思うほど魅力《みりょく》的じゃないと自覚すべきだな」と返す。

「ああ、まだあんたは俺への気持ちに対して無自覚だからそう思うんだな」

この状況《じょうきょう》を楽しんでいるエリアスに、「無自覚」なんて言葉を不用意に持ち出すべきではなかったと後悔《こうかい》する。

「じゃあもし自覚したら教えてくれ。条件次第《しだい》じゃ、しゃぶらせてやってもいい」

「あまり舐めるなよ」

いい加減腹が立った。外交問題に発展したら、その時はその時だと、例の軍人がしていたように実力行使を仕掛《しか》けた。別に痛めつけるつもりはない。彼の衿《えり》を摑んで、ベッドに投げるだけだった。衿を摑んで投げるのは、柔道《じゅうどう》の最《もっと》も実践《じっせん》的な技《わざ》の一つだ。しかし摑んで引き寄せようとした瞬間《しゅんかん》、エリアスは俺の手首を摑んだ。先程、俺が彼の手首を摑んだように。

「あんたもあんまり俺を舐めない方がいい」

エリアスは俺の手首を摑んだ手を外して、「簡単にベッドに連れこめるなんて思わないでくれ。俺と寝《ね》たい気持ちはよく分かるけど」と、戯《おど》けたように続けた。

「まぁ、からかいすぎたのは認める。あんた表情が変わらないから、動かしてみたくなったんだ。澄《す》ました顔より感情が乗った顔の方が、ずっといい」

そうやって人の外見に言及《げんきゅう》することこそ、からかっている。

謝罪は得ていないが、ここが引き際《ぎわ》だと分かり仕方なく彼の衿を離《はな》す。本気でやりあって、どちらがより白兵戦で優《すぐ》れているかを決めるつもりはなかった。そんな行為《こうい》には意味がない。ゲイであることを馬鹿《ばか》にされるのが久《ひさ》し振《ぶ》りだったせいで、頭に血が上りすぎたみたいだ。

「次は許さない。……ところで被害者に親しい人間に直接話を聞きたい。どうにかできるか？」

埒《らち》が明《あ》かない会話を終わらせるために、強引《ごういん》に話題を仕事に戻《もど》す。

「できないだろうな。軍人には箝口令《かんこうれい》が敷《し》かれてる。何か喋《しゃべ》るとしてもこっちの捜査局の人間にだけだ。知りたいなら、そこを通すしかない。一応、基地の知り合いに連絡《れんらく》はとってみる」

エリアスはそう言うと「ところで俺の寝床《ねどこ》だけど、向こうのホテルに一部屋取ってくれよ。なんなら綺麗《きれい》な女の子付きで」と、悪びれもせずに図々《ずうずう》しい要求をしてくる。

彼と出会ってから、ずっと忍耐力《にんたいりょく》を試《ため》されている気がした。

家族にゲイだとばれたのは、高校のときだ。俺から兄に話したのがきっかけだった。

あまり仲の良い兄弟ではなかったが、相談できるのは彼ぐらいしかいなかった。兄は柔和《にゅうわ》な、それでいて何を考えているか分からない笑顔《えがお》で「誰《だれ》にも知られるなよ」と釘《くぎ》を刺《さ》した。秘密にして欲しいと頼《たの》むと、兄は「当たり前だ」と頷《うなず》いた。しかし翌日には、俺は事情を聞いた父親に何時間も罵倒《ばとう》された。理解できないのは仕方ない。けれど「死んだ方がましだ」と親から告げられたときは、流石《さすが》に落胆《らくたん》が隠《かく》せなかった。兄に対しても改めて失望した。

高校卒業後は家を出ることに決めたが、親の方でもそれは決定事項《じこう》だった。親は保身のために、叔父《おじ》との養子縁組《ようしえんぐみ》まで考えていたらしい。祖父に咎められて計画は頓挫《とんざ》したが、一度うまれた溝は埋まらなかった。

それまでは漠然《ばくぜん》と政治の世界に入ることを考えていたが、もはや誰も望んでいなかったので、進路は変更《へんこう》した。大学は元々法学部を志望していたので受験勉強に問題はなかったが、卒業後は何も考えていなかった。ただ、親兄弟を見返してやりたいという気持ちはあった。

警察を選んだのは、子供の頃《ころ》から植え付けられた、権力への欲求《よっきゅう》があったからかもしれない。

「随分《ずいぶん》早いな」

シャワーを浴びて昨夜着ていた服を纏《まと》って部屋に戻ると、元上司の谷原《たにはら》が目を覚ましていた。その指先には煙草《たばこ》が挟《はさ》まれていて、室内には嫌《きら》いなヤニの匂《にお》いが漂《ただよ》い始めていた。

「例の捜査がありますから」

利害が一致《いっち》しただけの割り切った関係の相手と、朝まで親しくする趣味《しゅみ》はない。谷原だって望んでいないはずだ。いつも終わった後は、鬱陶《うっとう》しそうにしている。あからさまに邪険《じゃけん》にされなくても、こちらだって谷原とピロートークを楽しむつもりはない。

「ああ、同盟国絡《がら》みの狙撃《そげき》事件か」

彼は警察庁勤務で、外事の人間だ。当然今回の件にも関《かか》わってはいる。というよりも、今回の件を俺一人に押し付けた張本人だ。前回の不祥事《ふしょうじ》があるので強く出られないが、正直に言えば谷原のその判断には憤《いきどお》りを感じていた。

「報《むく》われない仕事は大変だな」

谷原の嫌《いや》みに耐《た》えながら「すぐにまた戻ってみせますよ」と根拠《こんきょ》のない台詞《せりふ》を口にする。

かつての上司は出来もしないことを軽々しく言った俺を見て「まぁせいぜい頑張《がんば》れ」と形だけの励《はげ》ましを送ってから、心なく「俺も、綺麗な部下がいなくなって寂《さみ》しいよ。むさくるしい男に囲まれた現場じゃやる気がおきない」と付け加えた。

決して「有能」とは言わない谷原に、いつもと同じ不満を覚えたが、それを呑《の》んで「顔だけで言えば、向こうが用意したアドバイザーはなかなか整っていますよ」と教えてやる。

まるで嫉妬《しっと》を煽《あお》りたいような台詞だ、と思った。案の定谷原は自信満々に「顔だけじゃ満足できないだろう？　そいつは俺よりでかくて上手《うま》いのか？」と下世話な笑みを見せる。

エリアスの自意識過剰《かじょう》さに疲《つか》れていたので、谷原にまで同様の態度を取られて、ますます気分が悪くなる。彼はそれだけの資質を備えているが、谷原にはそれがない分余計だ。

呆《あき》れながらジャケットに腕《うで》を通したときに、ポケットが膨《ふく》らんでいることに気付く。結ばれたネクタイが指先に触《ふ》れた。エリアスがそれで何をしたのかを思い出して、つい笑ってしまった。昼間はあんなに苛立っていたのに、何故《なぜ》か今は彼の行動が面白《おもしろ》く思えた。殺伐《さつばつ》とした谷原との会話よりも、エリアスとの会話の方がずっと、楽しい。

「どうした？　何がおかしい？」

自分のことを嗤《わら》われたと誤解した谷原が、急に不機嫌《ふきげん》になった。

谷原は俺の体が目当てだ。お互《たが》い職場にはばれたくないから、性癖《せいへき》に関する秘密も守られる。既《すで》に直属ではないが、立場は俺の方が下なので、彼にとって都合の良い相手だろう。

「ただの思い出し笑いです」

俺が谷原の脅しめいた誘いに乗ったのは、出世が目当てだった。それに性癖が露見《ろけん》する危険のない関係はこちらとしても魅力的だ。それに根が小心者の谷原は、常に安全なセックスを心《こころ》がけてくれる。ただ俺が元々ゲイだと谷原は知らないので、無理に同性同士の関係を強《し》いた引け目から、多少の優遇《ゆうぐう》はあった。尤《もっと》も前回の失敗は、もはや彼が庇《かば》える範疇《はんちゅう》を超《こ》えていたが。

ただ偉《えら》そうな態度と、傲慢《ごうまん》な物言いはベッドの中でも変わらない。その上、体の相性《あいしょう》はそれほど良いとは思えない。仕方なく合わせてはいるが、メリットの少なくなった今は、これを最後に解消してしまいたかった。尤も、谷原はプライドが高いので終わらせるときは、上手くやる必要がある。それが面倒臭《めんどうくさ》いので、関係の清算を後回しにしたままずるずると続いていた。

「それから、しばらくは捜査《そうさ》で忙《いそが》しくなるので、呼び出しには応じられません」

「新しい男が見つかれば、用済みか？」

「顔が整っていると言っただけで、好みではありません。相手もゲイじゃない。本当に捜査が忙しいんです。この件の人員は限られていますから。俺にも、もう大した権限はありませんし」

谷原を見ると不機嫌を引きずったまま「不遇《ふぐう》な立場は庇いきれなかった俺のせいだと言いたいのか？　ミスを犯《おか》したお前が悪い」と片頬《ほお》を上げて笑う。

「分かってますよ。それより、そこの時計を取ってください」

谷原が横になっている横のナイトテーブルに、銀色の時計がある。一回目に関係を持った翌日、谷原から貰《もら》ったものだ。恐《おそ》らく、口止め料の意味合いがあったのだろう。

谷原はそれを無造作に投げて寄越《よこ》す。既に彼は管理するだけの立場だが、肉体は引き締《し》まっていた。鍛錬《たんれん》を忘れていない体は年齢《ねんれい》のわりには若いが、あくまで年齢のわりにはだ。

時計を腕に巻いて時間を見ると、まだ朝の六時だった。

一度家に帰って着替《きが》えてエリアスのホテルに行くとなると、仮眠《かみん》を取るのは難しい時間だ。呼び出しはやはり断るべきだったと後悔していると、「まぁ適当にやれ。どうせ向こうが解決してくれるだろ。結果まで教えてくれるとは限らないけどな」と谷原は他人事《ひとごと》のように言う。

確かにこの手の捜査はうやむやで終わることが多い。事件自体が公表されないせいもある。しかしそういう事件こそ、落とし穴が多い。谷原は担当者じゃないから気楽なものだ。失敗は部下のせいに、手柄《てがら》は自分の物に出来る立場に嫌悪感《けんおかん》と羨望《せんぼう》を同時に抱《いだ》きながら、部屋を出る。

まだ薄暗《うすぐら》い空を見ながら、タクシーを一台停《と》めた。不意に先程《さきほど》のホテルではカーテンが閉まっていたことを思い出す。男同士だ。だから閉めた。しかし殺害現場のカーテンは開いていた。閉める暇《ひま》もなく女性とのことに及《およ》んだのか、それとも被害者《ひがいしゃ》女性が開けたのか。考えているうちにタクシーは自宅に着いた。家はセキュリティのしっかりした寮《りょう》だ。以前は寝に帰るだけで掃除《そうじ》をする暇もなかったが、降格されてからは前よりは家にいる時間が長くなったので部屋の中が散らかることはなくなった。尤も、元々物の少ない部屋だ。

昔から何かに対して興味を持つということが少ない子供だった。唯一《ゆいいつ》出世に関してだけは拘《こだわ》ったが、時折エリアスのような人間に会うと途端《とたん》にそればかりの人生に疑問が芽生える。

金と権力を得た父親と兄は、有り余る資産と名声を手に入れ、盤石《ばんじゃく》な地位を築いた。

貧しさも惨《みじ》めさも知らない彼らを見返してやりたいという気持ちは今でも変わらずにあるが、それに人生を賭《か》ける価値があるのかと問われたら、答えようがない。

「セックスの相手まで、出世目的で選んでたら日常が虚しくなるのも当たり前か」

空虚な部屋に響《ひび》いた呟《つぶや》きに自嘲《じちょう》する。無意識に頭の中で先程目にした谷原の体と想像の中のエリアスの体を比較《ひかく》している自分に気づき、もう一度シャワーを浴びることにした。

体だけとはいえ、あの生意気な年下の男に興味を覚えること自体、負けた気がする。

それからスーツを替《か》えて、冷蔵庫を開ける。案の定何も入っていない。朝からアルコールを飲む気にも、冷蔵庫の中で萎《しな》びて黒ずみ始めている野菜を食う気にもならない。

仕方なく味気ない経口飲料ゼリーで朝食を済ませる。食べた気がしないまま外に出た。

一度、警視庁に寄ってから今回の事件の資料をもう一度確認《かくにん》する。てっきり同盟国側から事情を聞かされていると思っていたエリアスが、今回の件に関して全く無知で驚《おどろ》いた。

良い方向に考えようとすれば、それは先入観無く現場を見たかったからかもしれない。

少なくともアドバイザーや同盟国の協力の無さに怒《いか》りを覚えるより、そう考える方が建設的で精神的にも良い。デスクから立ち上がり廊下《ろうか》に出ると、こんな時間から働いているかつての部下達とすれ違《ちが》った。降格人事で部署まで変わってしまったので、部下という呼び方は相応《ふさわ》しくないかもしれない。向こうからは声も掛《か》けられず、視線も合わされない。

通りすぎた途端聞こえよがしに「あの人が今、何の事件を担当しているか知っているか？」と、後輩《こうはい》のうちの一人が仲間の誰かに向かって問い掛けた。

腹立たしいが、それも仕方のないことだ。部下は手足だ。自分の手や足が切り取られるのは嫌だから、役に立つなら守ることもあったが、そうでないときは遠慮《えんりょ》無く切り捨ててきた。

使えない人間はいらない。その挙げ句、今では俺がこの組織から排除《はいじょ》されそうになっている。皮肉な話だ。けれど、このまま負ける気はない。いつか元の地位まで戻《もど》ってみせる。

しかし頼《たの》みの綱《つな》であり、同盟国との橋渡《はしわた》しとなる狙撃手《そげきしゅ》が、こんな奴《やつ》だなんて心配だ。

「お前、コレが仕事だって分かってるのか？」

本部を出てすぐにエリアスが宿泊《しゅくはく》するホテルに来た。昨日彼が望んだのは被害者が宿泊していたホテルだが、そちらはグレードが高いので、実際に用意したのはもっと安価な部屋だ。文句を言っていたが「嫌なら野営しろ」と告げたら、渋々《しぶしぶ》カードキーを受け取った。

そして約束通り、九時きっかりに訪《おとず》れた。ドアの前でノックしても返事がないので、昨夜念のために持ち帰ったスペアのカードキーで勝手に入った。

案の定、エリアスは出掛《でか》ける準備どころか、ベッドから出る準備も整っていなかった。

ベッドの上で金髪《きんぱつ》の女性と一緒《いっしょ》に横になっている男は、瞼《まぶた》を閉じてぴくりともしない。

「起きて居るんだろう？　エリアス」

苛立ちを隠《かく》さずに、書き物机の上に置いてあった辞書を投げつける。

すると瞼を閉じていたのに動物的直感か、機敏《きびん》に持ち上がった手がそれを受け止めた。こちらに向けられた表紙に、辞書ではなく聖書だと気づく。よくホテルに置かれている物だろう。

「狸寝入《たぬきねい》りや死んだふりには自信があるのに、見破られるとは思わなかった」

どういう特技だ。

「別に見破ったわけじゃない。狙撃手なら、俺が声をかけたときに起きていて当然だと思っただけだ」

エリアスは納得《なっとく》したように一度瞬《まばた》きしてから「勝手に部屋に入るのは無礼じゃないか？　特に裸《はだか》の女性が一緒にいる場合は。日本人は彼ら特有のマナーにはうるさいって聞いたけど、これじゃ他人のマナーを叱《しか》る資格はないよな？」と口にする。

「ノックはした。狙撃されて倒《たお》れていたら大変だと思って勝手に入ったが、まさか女性と一緒にいるとは思わなかった」

「ノックの音なんてしなかった」

「腑抜けたんだろ」

エリアスは「かもな。ずっと休暇《きゅうか》だったから、まだ仕事モードに移行できてないんだ」と口にして二度寝《にどね》しようと、こちらに背を向けてベッドに体を沈《しず》めた。

投げつける物を求めて視線を巡《めぐ》らせ、丁度机の上にある半分中身の入ったウィスキーの瓶《びん》を持ち上げる。その際、微《かす》かに瓶の底が机に擦《こす》れて音がした。本当に微かな音だ。しかしエリアスは何を投げられるのか察知して、「分かったよ」と渋々体を起こしてから、ベッドを出る。

下着すら穿《は》いていない男は、そこを隠すこともなく俺の横を通りすぎてバスルームに行くと、十分も経《た》たずに服を着て戻ってきた。昨日と同じ服は近づいただけで酒臭《くさ》い。

室内に服が散らかっていないのは、どうやら昨夜はバスルームから見知らぬ女性との肉体的コミュニケーションを始めたかららしいと気づき、ますます呆れる。部屋の外で支度《したく》が出来るまで待つことも考えたが、プレッシャーを与《あた》えないと無駄《むだ》に時間がかかりそうだ。

こいつはこちらが遠慮した分だけ押してくる人間だというのは、昨日一日でよく分かった。

「それで今日は何を？」

「捜査だ」

「具体的に言うと？」

「第三者の前で具体的な話はしないことにしているんだ」

「彼女は寝《ね》てる。起きてると思うなら、もう一度投げてみたらどうだ？」

エリアスはそう言って、ベッドの上にあった聖書を俺に投げ返した。

まさか見知らぬ就寝《しゅうしん》中の女性に聖書をぶつける気にはなれないので「ふざけるのはいいから、さっさと用意しろ」と指示すると、エリアスは億劫《おっくう》そうに室内を見回してから、書き物机の上からマネークリップを手に取ると、背広の内ポケットに入れる。

それから床《ゆか》に置かれている真新しい黒のナイロンバッグを持ち上げた。ウィスキーの横に転がっていた小さな望遠鏡に似た物を、エリアスはそのバッグに放《ほう》り込もうとした。

「それは？」

「ああ、これ？　知らないの？」

エリアスはそれを俺に向けると、スイッチを押した。こちらからは何が起こったのかは分からない。けれど得体の知れない居心地《いごこち》の悪さを感じて、顔を顰《しか》めると「折角《せっかく》の綺麗《きれい》な顔を不細工に歪《ゆが》めるなよ」とからかい混じりの言葉が降ってくる。

「俺とあんたの距離《きょり》は１ｍ27㎝だって。昨日、あんたと別れた後で買ってきたんだ」

エリアスの言葉に「距離を測るための装置か」と思わず日本語で呟く。どういう名称《めいしょう》なのか分からずにいたら、エリアスは俺の思考を読んだように「レンジファインダー」と口にした。

「何に使うんだ？」

「角度と対象までの距離を測る。レーザーポインタを持ってるかって訊《き》いたときに、本当はこれが欲しかったんだ。持ってないだろうからレーザーポインタに妥協《だきょう》して訊いたんだけど」

無駄な妥協だ。世の中の何人がレーザーポインタを持ち歩いているだろうと考えた。

恐《おそ》らく一万人に一人以下の確率に違いない。

それと俺が訊きたかったのはその物自体の使用目的ではなく、エリアスがそれを購入《こうにゅう》した理由の方だったが、もう一度同じことを問うのが面倒《めんどう》で質問を変える。

「どこで買ったんだ？」

「アキ・ハ・バラ。あそこは面白《おもしろ》いな。会社員とメイドとオタクが混在してる」

区切るだけで秋葉原がバスク語のように聞こえるなんて、新しい発見だ。

「でも、売ってる銃《じゅう》は全部オモチャだった。どこに行けば本物が手に入るんだ？」

手に入る場所は知っているが、俺が口にするわけにはいかない。値段のわりに粗悪《そあく》な物も多い上に、レンジファインダーを使うような物は、馴染《なじ》み客でなければ手に入らないだろう。

「日本で銃を所持するにはライセンスがいる。欲しいなら将軍に頼んで、そっちのルートで用意した方が早い。お前が銃を携帯《けいたい》する許可は、俺の権限では与えられない。大体、購入する金がないだろ。それだってどうやって買ったんだ？」

「故買屋で両替《りょうがえ》して貰《もら》った。手数料取られて、持っていた金は五万にしかならなかったけどな。このレンジファインダーを買ったら、ほとんど残らなかった」

結局それを何に使うのか分からないまま、ベッドで横になる見知らぬ女性に目を向ける。

「彼女は？」

「英語の教師だ。色々教えて貰ったよ。日本人との上手《うま》い付き合いかたとか」

「それは良かったな。ところで彼女には日本人は時間に対してシビアだから、約束は守るようにとは聞かなかったのか？」

「俺が聞いたのは、日本人の女の子は子供に見えても年齢《ねんれい》が高いことが多いってことと、口説くときはまず最初だけでも日本語で話しかけると、その後に繋《つな》がりやすいってことだな」

「日本人と付き合うための助言じゃなくて、女と遊ぶための助言だな」

「それが重要なんだ。どうせ男とは、あんた以外とは親しくする必要はないしな」

確かにそうだ。それに男限定でも俺以外と親しくしないというのは、良い傾向《けいこう》なのかもしれない。エリアスは口が堅《かた》い方には見えない。酔《よ》って関係のない連中に捜査状況《そうさじょうきょう》を話してしまわないとも限らない。彼も一応は軍人なのでそれはないと思いたいが、そもそもアロハシャツ姿が初対面なので、いまいち軍人というイメージがない。

「なんでもいい。さっさと出掛けるぞ」

俺が腕時計《うでどけい》に視線を落としてそう口にすると、エリアスは小さく欠伸《あくび》をして「あんまり寝てないから、遠出は延期だ」と付け足した。あまり寝てないのもその理由も俺と一緒だが、子供のように張り合う気にならずに、溜《た》め息だけ零《こぼ》す。

「夜通し運動してたから、腹が減ったな。折角だから日本の飯が食いたい」

廊下に出たエリアスの後に付いて、ロビー階に降りる。

部屋に女性が寝ているのに、気にもせずにチェックアウトする姿を見て、こいつは周囲の男達を苛《いら》つかせるだけじゃなく、女性からも顰蹙《ひんしゅく》を買うタイプじゃないかと思った。

一度寝た後で素っ気なくなるなんて、男として最悪だ。

「女と遊ぶのは構わないが、もめるなよ。お前が何か問題を起こせば、お前の所の将軍はこちらに責任を押し付けそうだ」

「問題？　拉致《らち》軟禁《なんきん》されてるのに、大人しくしてるだろ？　これ以上俺に何かを求めるなよ」

「軟禁なんて誰《だれ》もしてないだろ」

随分《ずいぶん》自由にさせている。食事も全部こちら持ちだ。その上昨日の捜査《そうさ》も、エリアスの要求を聞き入れて早い時間に終了《しゅうりょう》した。文句を言われる待遇《たいぐう》ではないはずだ。

そもそも彼をこの国に呼んだのも、この件に関《かか》わらせたのも俺ではないのだから、責められても困る。ある意味こちらも被害者《ひがいしゃ》だ。

「脅《おど》し文句とパスポートのせいでこの国に軟禁されてる。だから前向きに楽しんでるのに、小言を言われる筋合いはない」

今日は、本部に戻ってエリアスに対象者の部屋に残っていた弾丸《だんがん》を見て貰う予定だった。勿《もち》論《ろん》ライフルマークなんて判別できないほど潰《つぶ》れている上に、現物は既《すで》に海軍犯罪捜査局の引き渡《わた》し要請《ようせい》を受けて渡してしまっている。しかし残っていた物から分かる情報の全《すべ》ては記録してあるし、写真も残っている。同時に不鮮明《ふせんめい》だが、ホテルでチェックインする際の犯人と思われる人物が映っている防犯カメラの映像を見て貰う必要もあった。視点を変えれば、何か見える物もあるかもしれない。それにそれぐらいしか彼にやって貰うべきことはない。

「楽しまれては困る。何度も言ってるが、これは仕事なんだ」

エリアスが俺の部下なら脅してでも、従わせる。しかし彼は同盟国の人間だ。実力行使が効かないことも昨日、学習していた。

「何か美味《うま》い物を食えば、頭も働くんだけどな。肉がいいな。肉汁《にくじる》が溢《あふ》れるようなやつだ。それを腹一杯《はらいっぱい》食ってから、あんたの好きなところに行こう」

「わかった」

仕方なく頷《うなず》く。もしもこの光景を部下に見られたら、また笑われそうだ。こんな風に仕事上の上下関係もない相手の言うことを、一方的に聞かざるを得ない状況《じょうきょう》が恨《うら》めしい。

それでも言葉遊びをするよりも、さっさと望み通りの場所に連れて行った方が話が早いと考えて、オレンジ色の看板が寝不足《ねぶそく》の目に眩《まぶ》しい駅前の牛丼屋《ぎゅうどん》に、連れて行く。

店内の客は殆《ほとん》どが仕事着姿の男性だった。一番端《はし》のレーン、草臥《くたび》れた鼠色《ねずみいろ》のスーツ姿の男が早朝からビールを飲んでいるのを横目に席につくと、エリアスは店内を意外そうに見回してから「ここは？」と訊いてくる。高級店じゃないことにもっと不満を示すと思ったが、そういうわけでもないようだ。

「お前が望んだ肉汁溢れる牛肉が食える店だ」

そう答えてから店員に「並二つ。一つはつゆだくで」と頼《たの》む。昔はよく食べていたが、張り込みをしていたときに一生分食べてしまい、味に飽《あ》いてしまったので訪《おとず》れるのは数年ぶりだ。

さほど待つこともなく運ばれてきた牛丼には、店員の親切でエリアスの分だけフォークとスプーンが付いていた。エリアスはひどく不思議な物を見たという顔で、牛丼を眺《なが》めている。

「上に載《の》っている赤いのはなんだ？　テーブルビートか？」

「色は赤いが、ショウガだ。食べてみて食べられなかったら残せ」

朝食がゼリーだったので、俺も腹は減っていた。

早速《さっそく》牛丼に箸《はし》を入れるとエリアスもようやく手を動かし始める。最初に紅ショウガを口に運び、予想外だという顔をする。それが良い意味なのか悪い意味なのかは判断がつかなかった。

しばらくは大人しく食べていたが、半分ほど減った頃《ころ》に、不意に「味は悪くないけど……なんで俺のだけオートミールみたいにべちゃべちゃなんだ？」と丼《どんぶり》を見比べて口にする。

「つゆだくだからだな。溢れる肉汁が好きなんだろう？」

「ツユダク」

エリアスは俺の言葉を繰《く》り返した後で、「ツユダクは好きじゃないな」と神妙《しんみよう》な顔で呟《つぶや》いた。

しかし結局、食事は残さずに食べ終えた。微妙《びみよう》に不満げだったので、昨日のようにコンビニで菓子《かし》を与《あた》えると、多少機嫌《きげん》が持ち直す。百十数円で買収できるなんて、安い相手だ。

こんな奴《やつ》が本当に狙撃《そげき》手なのだろうか。何度目かしれないことを思いながら、不意にどうして彼は軍を離《はな》れることになったのだろうかと考えた。病気療養《りょうよう》中と言う割には健康そうだ。

何か嫌《いや》なことがあって軍から離れたいというなら退役《たいえき》してしまえばいいのに、中途半端《ちゅうとはんぱ》に休暇《きゅうか》

を取って仕事から逃《に》げていたのには理由があるのだろうか。俺が一人で考えても、納得《なっとく》できる

答えなんて見つからないだろうが、それは素直《すなお》にエリアスに訊《き》いても答えては貰えない気がし

た。

「薬莢《やっきょう》はなかったんだよな？　射撃残渣《しゃげきざんさ》もなく、指紋《しもん》もめぼしい物はなしか」

俺は相槌《あいづち》は打ちながら、ずらりと並んだ銃を触《さわ》っては戻《もど》しているエリアスを見た。

先程《さきほど》、本部で写真を見せたときにエリアスは「弾《たま》の潰れ具合と距離《きょり》からして、１・５㎞から

２㎞用の銃から発射された物だろうな」と、あっさり口にした。

鑑識《かんしき》が数式から割り出した情報を、エリアスは写真を見ただけで判断できるらしい。

「よくあれだけの情報で特定できるな」

素直に感心していたら、エリアスは呆《あき》れたように「あんたは狙撃銃《そげきじゅう》のことを知らなすぎる。

撃《う》ったことあるのか？」と訊かれた。勿論ないと答える。日本の警官が拳銃《けんじゅう》以外の銃火器《じゅうかき》を扱《あつか》

うことは少ない。機動隊に入れば別だが、そうでなければ拳銃で事足りる。その拳銃にしたっ

て発砲《はっぽう》する機会は極《きわ》めて少ない。

「俺のこと、不真面目《ふまじめ》だって言う割にはそっちこそ勉強不足なんじゃないか？」

　エリアスはそう言って、俺を強引《ごういん》にこの厨子基地内にある射撃場に連行した。

「さっきから何してるんだ？　12㎜用の銃ならそこにあるだろ」

　エリアスは女性が服を買う時のように、色々な銃を手にとっては戻している。

　エキストラクターやスコープを確かめては、次の銃を手に取る。いい加減時間を掛《か》けすぎているエリアスに痺《しび》れを切らして声を掛けたが、彼の視線はこちらには向かなかった。

「同じ口径ならどの銃も同じだと思ってるなら、大きな間違《まちが》いだ。何のためにこんなにたくさんの銃があると思う？　どれもそれぞれ特性があるからだ」

　銃を選ぶエリアスの背後には制服を着た軍人が二人、「休め」の姿勢で直立している。屈強《くつきょう》な男達に見守られているのは彼が信用されていないのか、それとも俺が信用されていないのか。

「たぶんこれと、あれかな」

　エリアスが一丁の銃を選んだ後で、奥の壁《かべ》に掛かっている銃を指す。高い位置にあるそれを取るために、軍人の一人とエリアスがそちらに向かうのを見送ってから、傍《そば》にいた方の軍人に「潰れた弾を見ただけで、銃器《じゅうき》が特定できるものなのか？」と尋《たず》ねてみる。

　すると彼は「そんなの、科学捜査班の仕事ですよ」と苦笑《くしょう》した。

「でも、あの人なら出来るかもしれませんね。彼は元々、狙撃手の中でも例外中の例外です」

　どこか畏怖《いふ》混じりに軍人が言ったので、ふと引き渡された当初から感じている、エリアスに関する別の疑問をぶつけてみる。

「彼は一体どんな作戦に参加していたんだ？」

その質問に、軍人は「それは機密事項《じこう》です」と素っ気なく返答した。

しかし丁度エリアスが戻ってきた所だったので、それで良かったのかも知れない。

彼が銃を選び終わったので、ようやく別室にある射撃場《しゃげきじょう》に案内された。地下に設《しつら》えられたそこは、日中でも電気が必要だった。壁や床《ゆか》には跳弾《ちょうだん》を防ぐための加工がされており、50ｍほど離れた的は紙ではなく薄《うす》い板に見える。

お目付役の軍人は、二人ともドアの傍にいた。射撃場は広いので、エリアスは会話の届かない距離まで行くと、渡されたゴーグルをつけて銃を台に置き、箱の中から弾丸を取り出す。

「ボルトアクションか。フルオートの方が連続して撃てる分、楽じゃないのか？」

「状況によるな。俺も使い分けてる。だけどボルトアクションの方が命中精度が高い。毎回排莢《はいきょう》しなきゃならないのは手間だけど。でもそのうちフルオートでも、安価でボルトアクションの利点を持ったライフルが出てくるだろうな。折角《せっかく》だからフルオートも試《ため》してみるか？」

カチャカチャと音を立てて、エリアスは光る弾丸を装填《そうてん》する最中に、控《ひか》えていた軍人に頼んでもう一挺《ちょう》フルオートの銃を用意させた。その際にゴーグルとヘッドセットも一緒《いっしょ》に渡される。

エリアスがここの使用許可を将軍に取ったのは数時間前だった。俺は彼に会うために一ヶ月を要したが、やはりエリアスと将軍は親しい仲らしい。自分と谷原が肉体関係で優遇《ゆうぐう》されているから、つい顔の良いエリアスと彼との関係を邪推《じゃすい》していると、セッティングを終えたエリアスが俺を見た。

まさか頭の中で、将軍との絡《から》みを想像されているとは露《つゆ》とも思わない男は、俺の視線が銃に向けられていると思ったのか、「狙撃の九割はセッティングで決まる」と解説を始める。

「残り一割は?」

「運だな」

だとしたら、ついてない俺は狙撃手には向いてない。エリアスも向いてないんじゃないだろうか。もしもつきがあるなら、極東の国でこんな風にボランティアなんてしていないだろう。

「来いよ」

促《うなが》されてスコープを覗《のぞ》く。縦軸《たてじく》と横軸《よこじく》の中心に、対象が据《す》えられていた。

俺の横で、エリアスが買ったばかりのレンジファインダーで、対象との距離を測定して「距離49・82m」と、歌うように口にする。

「ある程度合わせておいたが、まだその照準は完璧《かんぺき》じゃない。自分で合わせて撃ってみろよ」

エリアスの声に思わずスコープから顔を離して振《ふ》り返る。

彼は隣《となり》のブースに別の銃をセッティングしていた。躊躇《ためら》っていると「もしかして銃を撃ったことないなんて言わないよな?」と訊かれたので、苦い気分になりながら「それはある」と否定する。銃に抵抗《ていこう》を覚えるのは、降格人事の発端《ほったん》となった不祥事《ふしょうじ》に銃が関係しているからだ。

当時の苛立《いらだ》ちを飲み込んで、ハンドルを起こして引く。ジャキリ、と音がして弾が装填されるのが、僅《わず》かな振動《しんどう》を持って伝わってくる。再びスコープを覗き込んで、トリガーに指をかけた。詳《くわ》しくはないが一応仕組みは知っている。警察学校で習った。といっても、実質仕事で触《ふ》れるのは拳銃だけなので、当時得た知識はその殆どが朧気《おぼろげ》になりつつあるが。

「それはエペタム社のXM－P10。XM－Aの改良版で既存《きぞん》の物より弾道《だんどう》特性に優《すぐ》れている。弾は破壊《はかい》力が強くて長距離《ちょうきょり》にも向いている338クトネシリカマグナム。50m先の板に穴を開けるのには過ぎた性能だ」

「まさかあそこにあった銃の特徴《とくちょう》を全部暗記してるのか？」

「いや……、でも、そうだな。言えるだろうな」

エリアスは少し考えてから、俺の質問を肯定《こうてい》する。

「どうやって覚えるんだ？　どれも似たような銃だ」

「実戦で命を預ける武器だ。性能の知識が自分の命を左右するって思えば、嫌でも覚える」

フルオートをセッティングするエリアスの言葉を聞きながら、ゴーグルとヘッドセットを着ける。同心円をいくつも描《えが》く的を見つめ、引き金を引いた。

軽い音の後で弾丸《だんがん》が放たれたが、反動はさほどない。指先を曲げただけであっさりと発射された弾が、板に穴を開けていたが、中心よりずれている。弾丸の大きさから、半壊《はんかい》すると思っていたが、穴だけしか開いていない。もしかしたら板は想像よりも分厚いのかもしれない。

エリアスは「惜《お》しいな」と感想を漏《も》らした。

「照準は、僅かに数度違《ちが》うだけで、対象物に届く頃には大きく差違《さい》が出る」

エリアスはスコープを覗き込んで、調整をやり直した。指先は丁寧《ていねい》だったが時間はあまりかからなかった。再び覗いた様子では、先程とは何も変わらなかった。これで当たるのかと半信半疑に指をかけて、再び射撃を行う。結果を確認《かくにん》するために俺は再びスコープを覗き込んだ。同心円の中心は、赤い丸がつけられていたが、今は穴が開いていて赤い色は消えている。寸分の狂《くる》い無く、中心に穴を開けたエリアスの調整に「人間一つは特技があるものだな」と皮肉ると、「俺の特技は穴を開けることだけじゃない。上手《うま》く入れるのも得意だ」と請《う》け負う。

折角見直したのに、下品な話で落ちを付ける男に、こいつは口を開かなければそれなりに好感を持たれるのではないかと、エリアスのことを分析《ぶんせき》する。エリアスはもう一方のボルトアクションのトリガーに指をかけた。スーツ姿でファインダーを覗き込むエリアスの顔からは、一《いっ》切《さい》の表情が無くなっている。ただひたすらに真剣《しんけん》な横顔が、彼の顔の良さを引き立てていた。

見惚《みと》れたくないのに、見惚れそうになる。

「こっちはグラーシーザ社のダウィンスレイヴ。最高のスナイパーって呼ばれるシオニクが愛用していたし、一部の根強い愛好家はいるけど、癖《くせ》が強すぎて相性《あいしょう》が合う奴《やつ》は少ない。だけど、俺は気に入ってる。弾丸はさっきと同じ。そっちのスコープを覗いてろ」

エリアスの指示通りにスコープを覗くと、視界の端《はじ》を一瞬《いっしゅん》何かが過《よぎ》った。

弾丸が吸い込まれるように中心に開いた穴に消えた気がしたが、速すぎてよく分からない。的の穴は広がってもいなかった。宣言通り、こっちの銃で開けた穴に、そちらの銃から発射した弾を寸分の狂いなく通したのだろう。銃の位置がずれている以上、角度もずれているのに何故《なぜ》そんなことが可能なのか、不思議でならない。

「凄《すご》いな」

「対象は動いてない上に風の抵抗も受けないから、大して難しくない。狙撃犯《そげき》はこれよりずっと凄いことをやってる。だからってそいつが俺より優秀《ゆうしゅう》ってことにはならないけどな」

自意識過剰《かじょう》な性格からいって俺が素直《すなお》に感心した分、今のパフォーマンスをもっと誇《ほこ》るかと思っていたが、意外にもエリアスの態度はあっさりしたものだった。

「じゃあボルトアクションの命中精度に感嘆《かんたん》してもらったところで、こっちがフルオート」

そう言ってエリアスがセッティングした銃に俺を導く。

右手を横に促す戯《おど》けた仕草で案内されたが、恰好のせいか顔のせいか妙《みょう》に似合っている。

「俺が照準を完全に中心に合わせてある」

言葉通り、覗き込んだスコープの中では十字の真ん中に赤い点が据えてあった。

「どうぞ」

背後にいるエリアスに促されて引き金を引く。その瞬間僅《しゅんかんわず》かに銃身《じゅうしん》がぶれたように感じる。

弾丸はスコープの中で中央には掛かっているものの、右下に僅かにずれていた。

「命中精度が低いだろ？　マズルブレーキのせいで精密射撃には向かないんだ」

「この程度の誤差は許容範囲《はんい》じゃないのか？」

「50mならそうかもな。５００mだったら、あの円の外側にしか当たらない。銃に慣れれば誤差も含《ふく》めてセッティングするから、プロは当てられるけどな」

エリアスはそういうと、三脚《さんきゃく》から外してフルオートの銃を持ち上げると、一発撃《う》った。そして俺が外した的に、綺麗《きれい》に穴を開ける。

「流石《さすが》に上手いな」

「あんたは意外に素直に人を褒《ほ》めるんだな」

「駄目《だめ》なのか？」

「いいや。最近褒められる事がなかったから、結構気持ちがいい」

エリアスは屈託《くったく》なく笑ってから、「撃つなよ」と言い置いて、的の方に歩いていく。的まではブースごとに仕切る白い直線が黒い床の上を走っている。エリアスが的の近くに居る以上、銃に触れているのが怖《こわ》くてトリガーからもストックからも体を離《はな》す。

エリアスは別に急ぎもせず、かといって普段《ふだん》のようにのらりくらりと歩く訳でもなく戻《もど》ってくると掌《てのひら》に載《の》った二つの弾丸を見せた。両方とも酷《ひど》く潰《つぶ》れていた。

「銃弾《じゅうだん》を見る限り、たぶん犯人が使ってたのはXM－P10の方だな」

あっさりとエリアスは銃を特定した。これを知るためにわざわざ厨子基地に連れて来られたのなら、納得《なっとく》できる。

「……鑑識《かんしき》には特定は不可能だと言われたが。そもそも500m離れてるわけでも肉体を貫《つらぬ》いたわけでもないのにこんなに潰れるのか」

「事件の条件下で撃ったときに弾《たま》が受ける抵抗と大体等しくなるように、的の素材を工夫《くふう》してある。捜査《そうさ》局の方から資料を貰《もら》えたら、俺がこんな実験しなくても良かったんだけどな」

エリアスが物言いたげに背後の軍人二人を見たが、彼らは直立したまま黙《だま》っている。

「でも、狙撃手はみんな銃をカスタムするから、XM－P10型の可能性が高いとしか言えないけどな。参考情報にしかならない」

　エリアスは弾丸を薬莢《やっきょう》の散らばる床に捨てた。床の材質のせいか音はしなかった。それらの軌跡《きせき》を追ってから顔を上げると、エリアスが俺を見ていた。

　何か物言いたげな視線の理由が分からずに首を傾《かし》げる。するとエリアスは「褒め言葉を待ってる」と口にする。まるで子供のような要求だと思ったが、棒きれを素直に持ってきた犬を褒める要領で「凄いな。よくやった」と賞賛すると、エリアスは「俺の求めたものとは違うな」とクレームをつけてきた。

「天才《ジーニアス》、優秀《スマート》、偉大《グレイト》、凄い《インクレディブル》、素晴らしい《ファンタスティック》、驚異的《アメージング》だ。満足《ハッピー》か？」

「魅力的《ゴージャス》が足りない。恰好いいも」

「ゲイに魅力的な恰好いい男だと思われたいのか？」

　俺の質問にエリアスは「思ってないのか？」と逆に訊《き》いてくる。

　この会話を続けていたら本音を強要されそうで、「調子に乗るな」と以前口にした台詞《せりふ》をもう一度言ってから、セッティングされている、犯人が使用したと思《おぼ》しき銃に視線を向けた。

「もう一度撃ってみてもいいか？」

　そう尋《たず》ねるとエリアスは「どうぞ」と肩《かた》を竦《すく》めて、自分の狙撃練習を始めた。

　クレーを趣味《しゅみ》にしている連中が、よくストレス発散に撃ちに行くというのを聞くが、俺にとって銃は降格の切っ掛《か》けとなった事件を思い出させる厄介《やっかい》な物だった。ただ、狙った通りのところに弾が飛んでいくと、彼らの気持ちも分からなくはない。

そんなことを考えながらトリガーを引いていると、不意にこつんと後頭部に何かが触れた。振り返ると、エリアスがチョコレートバーを手にしていた。どうやらそれで突《つ》かれたらしい。

「なんだ？」

「夢中になってるところ悪いけど、そろそろ昼飯が食いたくなってこないか？」

先程《さきほど》射撃場に来たばかりなのに、もう飽《あ》いているエリアスに呆《あき》れたが、腕時計《うでどけい》に視線を落とすととっくに正午を過ぎていた。仕事柄《しごとがら》規則正しい食事が取れないことが多く、空腹を感じる神経が正常に機能していない。毎日三食きっちり取らなければという意識にも欠けていた。

「なんだかお前と一緒《いっしょ》にいると、飯ばかり食ってる気がする」

俺の台詞にエリアスは「さっき知り合いを見掛《みか》けたんだ。未回収の掛け金《きん》があるから、それで俺が奢《おご》ってやるよ」と笑った。

エリアスが知り合いと店の奥でもめ始めて早くも十分が経《た》っている。

こんなことなら昼飯代ぐらい俺が経費扱いで支払《しはら》ってしまいたいが、掛け金が五千程貯《た》まっているらしく、下手に会話に関わりたくない。ここでエリアスが取りはぐれたら、ホテル代はまだしも、また被服代《ひふく》まで集《たか》られかねない。

「もう時効だと思っていました」

　項垂《うなだ》れているエリアスの知り合いは、格闘家《かくとうか》も逃《に》げ出しそうな巨漢《きよかん》を丸めて頭を抱《かか》えている。軍用品の販売《はんばい》店を出た所でエリアスに捕《つか》まった瞬間《しゅんかん》「まずい」という顔をしていたが、名前を呼ばれたために逃げ出すことも出来ず、悄然《しょうぜん》とした顔で昼食を共にした。

『ハルキ、こいつはキットだ。キット、俺のパトロンのハルキだ。仲良くな』

　突然《とつぜん》そう言われて、状況《じょうきょう》が把握《はあく》できない彼に対して、俺がエリアスの代わりに正しい俺達の関係を説明したのは一時間ほど前の事だった。それから徐々《じょじょ》にキットの顔は曇《くも》っていき、今はすっかり青ざめている。

　張り詰《つ》めた上腕《じょうわん》には装飾《そうしょく》的な模様が肌《はだ》に描《えが》かれている上に顔も厳《いか》ついが、エリアスよりも立場は下らしい。軍内部の上下関係はどの国も厳しい。どうやら後輩《こうはい》にとってあまり良い先輩《せんぱい》ではないようだ。

「ふざけるな。俺だってちゃんと払《はら》ったんだから、お前も払えよ」

　まだ皿に残るポテトを口に運ぶエリアスをちらりと見て、件《くだん》の知り合いは「そもそもなんでここにいるんですか。よく将軍が許しましたね」と疲《つか》れた声で言った。

「その将軍に拉致《らち》されたんだ。ホテルに荷物を取りに行く暇《ひま》もなかった。たぶん軍の奴等《やつら》が回収してるだろうが、パスポートもカードも何も持たせて貰ってない。だから金がいるんだ」

「とりあえずこれで勘弁《かんべん》してください。これ以上取られたら給料日までに死にます」

「人聞きの悪いこと言うな。正当な取り分を回収するだけだろ」

　エリアスはその札を持って、レストランの店主のところに行く。

今度は店主と釣銭《つりせん》を日本円にしてくれと交渉《こうしょう》している。つい先程、銃を構えていた凜々《りり》しい横顔が幻《まぼろし》だったんじゃないかと思えた。色々と残念な男を見るとも無しに見ていると、横から溜息《ためいき》が聞こえて、今日一番ついていない男を振《ふ》り返る。

「エリアスとは仲がいいのか？」

会話の繋《つな》ぎに問い掛けると、キットは「同じ部隊にいたんですよ。東ラタストクの第三解放区で」と、口にする。遥か遠い国だが、名前だけは知っていた。

数年前まで世間を賑《にぎ》わせていた地だ。政府と解放軍による戦闘《せんとう》は、時折テレビや新聞で取り上げられていた。ラタストクの政府のトップとその右腕《みぎうで》が相次いで射殺されたことで、解放軍が勝利を収め、呆気《あっけ》なく幕引きされた。狙撃《そげき》犯は英雄《えいゆう》視されていたが、結局名乗り出なかった。

なんとなくまだ店主と会話をしているエリアスを眺《なが》め、まさかな、と首を振る。

「どうして彼の渾名《あだな》はハッピーなんだ？」

「あの人が、撃つ前に〝お前の幸福を願う〟って呟《つぶや》いてから引き金を引いたからですよ。聞いた奴《やつ》がハッピーと呼ぶようになって、伝染《でんせん》したんですよ。名づけた奴は死にましたけど」

後輩はそこで一度言葉を句切ると、店主に「両替所《りょうがえ》に行け」と言われているエリアスを眺めてから「あの人の周りは、いつも死体だらけだ」と覇気《はき》のない声で言った。

「あなたも気を付けた方が良いですよ」

「でも俺より長い付き合いの、君は生きてるだろう？」

「彼のファインダーに入らないように気を付けてましたからね。ジンクスなんですよ。ハッピーのファインダーに入った者は必ず死ぬっていう」

人間は生きていれば遅《おそ》かれ早かれ必ず死ぬだろう。それが戦場であれば尚更《なおさら》だ。

「まさか本気で信じてるのか？」

キットは否定しなかった。恐《おそ》らくそれが答えなのだろう。

上や同期に対しては、嫌われるのも納得だが、厳しい性格ではないからてっきり部下には好かれていると思っていた。尤も嫌っている相手と大金を賭《か》けるのも、よく分からない。嫌いだからこそ負かしてやろうと挑《いど》むうちに、その金額まで膨《ふく》れあがったのかもしれない。どちらにせよ、ジンクスなんて子供じみたものを信じる気には到底《とうてい》なれなかった。ただ狙撃の腕前《うでまえ》を見せ付けられた今は、ジンクスがなくても彼のファインダーに入りたいとは思えない。

俺達がそんな会話をしていると、席に戻《もど》ってきたエリアスはビールを二つ持っていた。俺が酒を飲まないのを知っているので、俺の分はあの黒い炭酸飲料だ。どうもそれを追加で買う代わりに、両替を了承《りょうしょう》させたようだ。

「残りは四千九百か」

キットが「勘弁してくださいよ」と弱々しい声で口にすると、それを待ってからエリアスは「二千九百負けてやろうか？」と切り出す。その台詞に僅《わず》かにキットの黒い瞳《ひとみ》が輝《かがや》く。

何となくエリアスがこれを切り出すタイミングを探《さぐ》っていたような気がした。

「俺が何の件でここにいるかは、さっきハルキに聞いたよな？　ベックの事件に関することで、どんな噂《うわさ》が出回ってるか教えてくれ」

被害者《ひがいしゃ》の名前が出た途端《とたん》、知り合いは納得した様子で吐息《といき》を漏《も》らす。基地の仲間が狙撃されれば、住人の話題にも上る。どんなに報道規制を敷《し》いたって、人の口に戸は立てられない。

「あくまで噂で構わない。だから、知っていることを話せよ」

「……噂ですか」

キットはちらりと俺を見た。俺がいると不都合らしいと察して、「外で待ってる」と声を掛けてその場から離《はな》れる。店をでると、途端に潮の匂《にお》いが鼻先を掠《かす》めた。

他国の基地を訪《おとず》れることはあまりないが、厨子の基地は殆《ほとん》ど横須賀《よこすか》のものと変わらない。ただこちらは全体が海を埋《う》め立てて造られているため、敷地《しきち》面積が向こうよりも若干狭《じゃっかんせま》い。

軍艦島《ぐんかんじま》を連想しながら居住区の方を眺めていると、目の前を小走りで小売店のユニフォームを来た日本人のスタッフが走っていく。初めて他国の基地を訪れたときに知ったが、基地内で働く日本人は少なくない。地域交流の一環《いっかん》として現地のスタッフを雇《やと》い入れるのは、自然なことなのだろう。それでもここは間違《まちが》いなく日本の領海内で、本土とも道路で繋がっているのに、いつも異国の島にいる気がする。少なくとも、ここでは日本人は「客」でしかない。

自国の領土内なのに不思議な感覚に戸惑《とまど》いながら、窓硝子《まどガラス》からちらりと中を見やる。

二人の話はまだかかりそうだったので、手持ち無沙汰《ぶさた》に情報端末《たんまつ》を弄《いじ》る。降格前は常に部下からの報告、上司への連絡《れんらく》、捜査状況《そうさじょうきょう》の確認《かくにん》と指示のために活用していた。体は一つしかないのに複数の事件を担当し、忙《いそが》しさに追われるのが常だった。

今はこうしてただ無為《むい》に時間を潰《つぶ》しながら、過去に俺が切り捨ててきた部下達も同様に、こんな風に無駄《むだ》な時間を過ごしていたのだろうかと考える。

煙草《たばこ》でもあれば時間ぐらい潰せるだろうが、生憎喫煙《あいにくきつえん》の習慣はない。

大人だが一度も口にしたことのない害にしかならない嗜好品《しこうひん》を、この際始めてみようかとぼんやり思い始めたときに、ようやくエリアスが出てくる。

「それで?」

そう尋ねると、エリアスは「夕食はオコノミヤキが良い。美味《うま》いらしいな」と口にする。

「一千九百で得た情報がそれか?」

「戦闘《せんとう》糧食《りょうしょく》漬けの軍人にとって、食い物の情報は大事だ。少なくとも、死んだ人間のプロフィールより価値がある。特にうちのレーションは野良犬《のらいぬ》も嫌がるくらいまずいって有名だしな」

「ふざけるな」

勿体《もったい》ぶるエリアスに呆《あき》れながらも、ここでは話せないことも有るだろうと、それ以上追及はせずに一緒に基地を出た。

捜査車両として利用している車に乗り込むと、エリアスは当たり前のように助手席に乗る。

「被害者が腑《ふ》抜《ぬ》けたと言っていたが、お前もあまり安全意識が高い方じゃないな」

俺の言葉に、助手席のエリアスは平然とした顔で「生に対する執着《しゅうちゃく》はない」と答える。

「生に執着しない人間が、食に執着するのか?」

「そりゃ生きてる限りは楽しく幸せに生きたい。けど苦しまないなら、ある日突然命を奪《うば》われても、それで構わない。俺はもうその手の執着は超越《ちょうえつ》したんだ。だけどそれとは別に、助手席が危険だとは思わない。もし狙撃犯が俺を狙《ねら》っていたとしても、走行中の車を狙う場合は……」

「シートベルトをしていない助手席の人間の死亡率に関する話だ。狙撃犯は関係ない」

俺の言葉にエリアスは、片方の眉《まゆ》を上げると「警察車両なら、シートベルトは必ずしも必要じゃないだろ？」と言ったが「日本では緊急走行《きんきゅう》時限定での免除《めんじょ》だ。今は違《ちが》う。捕まって罰金《ばっきん》を取られたら、お前から貰《もら》うからな」と脅《おど》すと、彼は無言でシートベルトを締《し》める。

実際、シートベルトで罰金は有り得ないが、今回の嘘《うそ》は見抜《みぬ》かれなかったようだ。

「それで、肝心《かんじん》の話の内容は？」

珍《めずら》しく俺の言うことに従った男に気をよくして問い掛《か》けると、エリアスは「まずは今夜のホテルの確保と、新しい服をもう一着買う必要がある。やっぱりスーツだけだと動きにくい」と自分のスーツを見下ろして口にした。事件とは関係ない事柄《ことがら》だ。

将軍に話を通してまで、俺を射撃場《しゃげき》に連れてきたのだから、ようやくやる気が芽生えたと喜んでいたが、束《つか》の間の夢だったようだ。

「今日のホテルは駄目《だめ》なのか？」

「安全じゃない場所に長時間滞在《たいざい》するとなったら、拠点《きょてん》は常に変える必要がある」

「ここは安全じゃないのか？　東ラタストクよりは良いと思うけどな」

「確かに日本の治安はいい。だけどそれが俺にとって安全かどうかはまた別の話だ。恨《うら》みもたくさん買ってるしな。死ぬのは構わないけど、痛めつけられるのは好きじゃない。それにあのホテル、ルームサービスが充実《じゅうじつ》してないしな」

治安云々《うんぬん》ではなく、ルームサービスが一番の理由なんじゃないかと、胡散臭《うさんくさ》く思いながら「確かに後輩には嫌われてるみたいだな」と、キットの顔を思い出して口にする。

「あいつだけじゃない。俺は嫌われ者なんだ。仲間が俺のせいで何人も死んだからな」

「どういう意味だ?」

「東ラタストクで、少年兵を殺せなかった。だけど俺がその子を殺さなかったせいで、彼を拘《こう》束《そく》するために近づいた仲間の四人が死んだ。その少年兵が腹に巻いた爆弾《ばくだん》が破裂《はれつ》したんだ。自《じ》爆《ばく》を企《くわだ》ててるとは知らなかった。いや、知っていたとしても撃《う》ち殺せなかったかもしれない」

日本には銃《じゅう》が普及《ふきゅう》していないから、警官もあまり使わずに済む。中には一度も拳銃《けんじゅう》を使わずに退役《たいえき》する警官もいる。勿論《もちろん》職務で犯人を射殺する機会も、滅多《めった》にない。そう考えたときに、降格人事の一端《いったん》となった事件を思い出して、無意識に眉根《まゆね》が寄る。

「そのときの報復合戦に巻き込まれて、観測手も死んだ。だけど俺だけは無傷で、誰《だれ》も子供を殺さなかったことを表だって非難できないから、誰からも責められなかった。でもラタストクから帰国して以来、俺は人を撃てなくなった。撃てない狙撃手って、致命的《ちめいてき》だろ?」

その悲惨《ひさん》な出来事を、エリアスは「こんなことはなんでもないことだ」というような口調で一気に語った。そう思い込もうとしているようだった。だからつい、本当に魔《ま》が差すようにその頭を撫《な》でた。本当に心の迷いだったとしか思えない。部下どころか、それ以外の人間に対してもこんな風に頭に触《ふ》れたことはなかった。

エリアスもびっくりした顔でこちらを見たので、慌《あわ》てて柔《やわ》らかな感触《かんしょく》の髪《かみ》から手を離す。

「悪い。なんだか、捨て犬に見えたんだ。たぶん、ゴールデンレトリーバー系の」

焦《あせ》ってついそんな言い訳をしてから、顔が全く似ていないと気付いて「いや、レトリーバーほどかわいくはない」と付け足すと、ふっとエリアスの口元が弛《ゆる》んで、声を出して笑われる。

「俺も変人だけど、あんたも相当変わってる」

心外だ。性癖《せいへき》を除けば、今までそんな風に言われたことはない。

気を取り直すように、一度咳払《せきばら》いをした。エリアスの方も、シリアスな話はここまでだというように「ところで、好みの男はいたか？」とにやにや笑いながら訊《き》いてくる。もしかしたら俺が触《さわ》ってしまったことで、自分が俺の標的になっていると懸《け》念《ねん》して、牽制《けんせい》をするつもりなのかもしれない。だけどゲイでも誰彼構わずに相手が欲しいわけじゃない。

今のは、単に手が滑《すべ》っただけだ。既《すで》に触れたことは後悔《こうかい》している。

「相手には困ってない。捜査には行き詰《づ》まってるけどな。早く幸せな気分にさせてくれ」

だから俺も、下心はなかったと安心させるために、仕事の話に戻る。

「まだ聞いた話を上手《うま》く整理できてないんだ。だからドラッグを買うための金を貸してくれ」

「薬中なのか？」

狙撃《そげき》を見て、僅かに上がったエリアスへの評価がまた下がるのを感じながら問い掛けると、彼は「秘密を探るために必要なんだよ、刑事《けいじ》さん」と手を差し出した。

この件をエリアスに任せていたら、まずいことに巻き込まれる気がしたが、だからといって引き返す道はない。これ以上降格したら、出世の道は完全に閉《と》ざされるという恐怖《きょうふ》から、翌日は約束よりも早い時間にエリアスを迎《むか》えに部屋まで行った。

しかし彼は昨夜とは違ってバスルームにいた。腰《こし》にタオルだけを巻き付けた格好で。

いや、身に着けているのはそれだけじゃない。右手には一見バングルかと見紛《みまが》う銀色の手錠《てじょう》が嵌《はま》っていた。輪のもう片方は、二股《ふたまた》に分かれた蛇口《じゃぐち》の根本をがっちり摑《つか》んでいる。

「そういう趣味《しゅみ》なのか?」

片手を蛇口に繋《つな》がれた男は不本意だという顔で、自分の手首を見つめた後で「まさか。やられるよりやる方が好きだ。だから、早くこれを外してくれ」と言った。

「鍵《かぎ》は?」

「彼女は鍵を持ってトイレに入ってたから、もし運が良ければまだ中にある」

誰にやられたかは知らないが、俺もその相手を恨みたくなる。

「便器の中に手を突《つ》っ込んでとれってことか?」

嫌悪《けんお》混じりに問い掛けると、エリアスは「ノコギリを買ってきてくれるなら、蛇口を切ってもいい。その場合は、ホテルへの説明は任せる。俺は口下手だし。俺の国のイメージを低下させるのは同胞《どうほう》に悪いしな」と宣《のたま》う。

どうしてこんな状況《じょうきょう》になったかは想像もつかないが、間抜《まぬ》けな格好の割には余裕《よゆう》がある。

呆れながらも、晒《さら》されている肉体から視線を逸《そ》らすために、仕方なくトイレを見に行く。

しかし残念ながら、目視できる範囲《はんい》に鍵はない。

「誰にやられたんだ？」

「茶髪《ちゃぱつ》の美人」

「そいつは手錠を持ち歩いてるのか？」

「色々使えるからな。男を足止めしたいときとか。俺なら強化製のプラスチックカフを使うけど。敢《あ》えて手錠を使うのは、何か思い入れがあるのかも。ほら、母親の形見とかさ」

面倒《めんどう》を引き起こした当事者の癖《くせ》に、反省のない男をじろりと見やると、エリアスはばつの悪そうな顔で「プラスチックカフなら俺のマネークリップでどうにか出来るんだけどな。仕方ないから針金をくれよ。鍵開けは得意じゃないけど、なんとかなるだろ」と要求してくる。

その選択肢《せんたくし》があるなら、最初からそれを提示すべきだ。俺が水封《すいふう》に手を突っ込んで助けてくれるか試《ため》したというなら、このままこの男を放置しても、罰《ばち》は当たらない気がした。

しかし感情はどうあれ、同盟国からの預かり物である彼を放置も出来ずに、仕方なくホテルの部屋に何か使えそうな物がないか探していると、ポットの横にティーバッグをいくつか纏《まと》めた透明《とうめい》な袋《ふくろ》を見付ける。どうやらホテルのサービスらしい。

口の部分を縛《しば》っているのは、先端《せんたん》に薔薇《ばら》の造花がついたピンクの針金だった。

「これが欲しいのか？」

外してバスルームに持って行くと、エリアスが手を出す。毎日この仕草を見ている気がする。

エリアスの前でそれを軽く振《ふ》ると、凄腕《すごうで》らしい狙撃手がむっと唇《くちびる》を尖《とが》らせて「寄こせ」と手を伸《の》ばす。この細くて可愛《かわい》い針金を持っていることで、初めてこいつに勝った気がした。

「助けてくださいだろ」

「誰のためにこんなことになってるのか分かってるのか？」

「俺のせいだって言いたいのか？　お前の下半身がだらしないからだろ」

「俺をここに縛り付けた相手は情報員だ」

エリアスは耳に心地《ここち》良い単語を選んだが、情報員とは諜報《ちょうほう》員のことだ。在日の諜報員数は万単位だと言われている。普《ふ》通《つう》の職に就《つ》く傍《かたわ》ら、自国に情報を流している連中は多い。

「一体どうやって見付けたんだ？」

目立つ連中はいるが、そいつらは使い捨てだ。接触したいのは永住権を取得して長年活躍《かつやく》している奴《やつ》や、普段《ふだん》は潜伏《せんぷく》していて指示があるときだけ動く連中だ。この国の人間は平和惚《ぼ》けしているので、警戒心《けいかいしん》が薄《うす》い。ＦＶＥＹ以外は諜報対象だと同盟国が明言していても、まさか隣人《りんじん》が諜報員だとは思いもしないから、通報もしない。結果、彼らは日々自由に行動している。

尤《もっと》も、同盟国の諜報員を捕《つか》まえたところで、二国間の関係上、大した制裁はできないが。

「ドラッグを買うときに使う魔法《まほう》の呪文《じゅもん》があるんだ。意味までは知らないが下っ端《ぱ》の奴でも、情報員が元締《もとじ》めの場合は呪文を知ってる。呪文を言って買う奴がいたら、元締めに教えるように徹底《てってい》教育されてるんだ。本物を引き当てるまでに、わりと時間がかかったけどな」

それでも不慣れな土地で、一晩で見付けられたのなら、捜査《そうさ》員よりも優秀《ゆうしゅう》だ。

「そんなに沢山《たくさん》買う金は与《あた》えなかったぞ」

「転売してれば、金は減らない。売人や常用者は顔を見ればすぐに分かるしな」

エリアスは焦《じ》れたのか、針金を奪《うば》おうとして手を伸ばしたが、俺が一歩背後に下がったので空振《からぶ》りに終わる。すると彼は苛立《いらだ》った顔でこちらを見た。

幼い頃《ころ》、女の子の筆箱でキャッチボールをしていた男子生徒を見掛《みか》けたことがある。当時は馬鹿馬鹿《ばかばか》しく思っていたが、相手の欲しい物が手中にあるという状況は、なかなか楽しい。

相手が生意気な年下であるなら、余計に。

「是非《ぜひ》そいつの名前を教えて欲しい」

「あんたの仕事は他国の情報員の把握《はあく》じゃないだろ？　虎《とら》の尾《お》を踏《ふ》みたくないなら、色んな所に首を突っ込むべきじゃないな。好奇心《こうきしん》は身を滅《ほろ》ぼすってよく言うだろ？」

「針金はいらないのか？」

「とにかく、情報員と会って噂《うわさ》を色々補完した。それが聞きたいなら針金を寄こせよ」

睨《にら》み付けられて、これ以上やったらキレられそうだと諦《あきら》める。

その姿も見てみたいが、そろそろ仕事に戻《もど》る時間だ。それに男子生徒の悲惨な末路を思い出して、エリアスに向かって針金を投げる。

軽いせいで望んだ場所には飛ばず、彼は俺のコントロールの悪さを短い言葉で罵《ののし》ると、足とバスマットを使って器用に自分の傍《そば》に引き寄せた。そして針金を折って、早速鍵穴《さっそくかぎあな》にねじ込む。

「それで話は？」

鍵穴と格闘《かくとう》しているエリアスに水を向けると、小さくくしゃみをした後で「話を総合すると」と言ってから、知っている情報を時系列順に教えてくれる。

それによると事件のきっかけは一ヶ月前ではなく、三年前に遡《さかのぼ》るようだ。

当時中東で展開されたレイクサイド作戦が鍵だった。詳《くわ》しい内容まではエリアスも分からないようだったが、要は捕虜《ほりょ》救出のための作戦らしい。結果は成功とも失敗とも付かないもので、捕虜と軍人が数名死亡したものの、重要視されていた人物は救出された。

一時期は世間を賑《にぎ》わせたその話題は、しかし軍内部でも徐々《じょじょ》に忘れられていった。救出された人物の一人が、射殺されるまでは。以降、大体半年おきに生存者が殺されている。その五番目の被害者《ひがいしゃ》であり、軍人として作戦に携《たずさ》わっていたのが先月殺されたベックだった。残りの生存者はあと二人。一人が軍人で、一人は民間人。民間人は複数の会社を持つ資産家だそうだ。

「お前を手錠で縛り付けた女がそれを知っていたのか？」

「女から聞いたとは言ってない。彼女には素性《すじょう》を黙《だま》っていることと引き替《か》えに、安全な携帯《けいたい》と銃《じゅう》を用意して貰《もら》う約束をしただけだ。話は携帯で本国にいる詳しい奴に聞いた。俺に支給された携帯は常に盗聴《とうちょう》されてるからな」

エリアスに携帯が支給されているなんて初耳だ。

端金と、ウクレレしか持っていないように見えたが、実際は違《ちが》ったらしい。確かに将軍が遣《つか》わせた軍人に、何の連絡《れんらく》手段も与えないわけがない。

「その過程で裸《はだか》になる必要性があったのか？」

「お互《たが》い武器を持ってないってことを証明しあったんだ。女は男より一つ隠《かく》すところが多いから、じっくり確かめる必要があった」

エリアスがそう言い切ったときに、手錠が音を立てて外れる。

「携帯は支給されて銃は支給されなかったのか」

「あいつらは俺の安全には興味がないからな。連中にとって俺は捨て札に過ぎない」

エリアスはそう言った後で、再びくしゃみをした。もし一晩中繋がれていたなら、風邪《かぜ》を引いても可笑《おか》しくない。俺が早くホテルについたのは、彼にとって僥倖《ぎょうこう》だった。

「安全な国だと知っているから、銃を支給しなかったんじゃないのか？」

「狙撃《そげき》犯の捜査で動いてるんだ。あんたが常に銃を携帯していないことの方が驚《おどろ》きだ。もし万が一狙撃犯を見付けたら、どうやって捕まえるつもりなんだ？　タックルでもするのか？」

確かに万に一つの可能性で、犯人がまだ日本にいるとしたら、そういう機会が巡《めぐ》ってくるかもしれないが、どのみち同盟国との関係上射殺できない。

「応援《おうえん》を呼んで、追跡《ついせき》する」

「応援が到着《とうちゃく》する前に撃《う》たれて終わりだろ。大体、狙撃手に丸腰《まるごし》で捜査に挑《いど》めっていうのは、ストリッパーに化粧《けしょう》するなって言ってるようなものだ。耐《た》えられないね。合法的じゃなくても気にするな。あんたは何も知らない。もし捕まったとしても、自分の責任は自分でとれる」

分かり難《にく》い喩《たと》えに「好きにしろ」と告げて、もしかしてエリアスがこんなことを言い出したのは犯人が国内にいる可能性に関して、何か情報を得たからではないかと思い当たる。

「生き残っている軍人の名前は分かっているのか？」

俺の質問に、エリアスは片方の眉《まゆ》を上げた。

「そっちは調査中だ。何せレイクサイド作戦は極秘《ごくひ》中の極秘だったらしくて、ガードが堅《かた》いんだ。俺の友人の分析官《ぶんせきかん》は優秀だけど、権限自体はそれほど高くないんでね。簡単には調べられない。尤も掛《か》け金《きん》をチャラにして欲しいみたいだから、頑張《がんば》ってくれるとは思うが」

一体どれだけの人間と賭《か》け事をしているんだと呆《あき》れたが、それが捜査の役に立っているので、小言を挟《はさ》むのは止《や》めた。

「尤もそいつにもベックにも警告が出ていたみたいだな。だから余計に不可解だね。あんな狙撃しやすい場所で、カーテンを開けるなんて。殺された人間の半数が射殺されてるのに、見晴らしのいい場所に立つなんてどうかしてる。女がやったなら辻褄《つじつま》は合うけどな」

「ああ。今日は、殺された日本人被害者の女性のことを調べようと思っていたんだ」

俺の台詞《せりふ》にエリアスは「まぁ、現場を見た後は被害者の周辺調査しかないだろうな。ベックの周辺調査はできないんだから、当然そっちから探《さぐ》るしか方法は残ってない」と口にした。

「でもそっちは俺の仕事の範疇《はんちゅう》じゃない。レイクサイドの情報を得るために、充分《じゅうぶん》俺は働いた。あんたもこれで報告書を書けるだろう？　この件はここまでだ。少なくとも俺はそう思う」

エリアスの言葉には、言外にこれ以上の協力はしないという意味が含《ふく》まれている。

「将軍もきっとこれ以上の深入りは望んでない。俺は適当に日本観光をして、パラオに戻ってまたウクレレ教室に通う。あんたはあんたが満足するだけその女を捜査する。いいよな？」

「事件の全容が分かったのは良かったが、どういう過程で判明したかと訊《き》かれたら答えようがない。裏付けもない調査報告で納得《なっとく》する相手なら、最初からこんな面倒《めんどう》なことにはなってない」

結局犯人が分からないままでは、被害者の祖父は満足しない。俺としても中途半端《ちゅうとはんぱ》なまま仕事を終わらせる気はなかった。過去には上からの命令で途中《とちゅう》で手を引いた事件は幾《いく》つもあった。明確な答えを得られる結末ばかりではない。だけど今回の事件をここで線引きする事に対しては、抵抗《ていこう》があった。虎の尾を踏みたい訳ではないのに、真実に対する興味を捨てられなかった。

「そこはあんたの仕事だ。俺はできるだけのことはした。捜査が進めばレイクサイドのことも調べられると言えば、将軍は俺に引き下がる許可をくれるだろうな。事件は単発の犯行ってことにしたいだろうし。軍人が連続殺人の標的だなんて、世間に知られたくないだろう。とりあえず、残りの軍人の名前が分かったら、それは教えてやるよ」

エリアスは脱《ぬ》ぎ散らかした服があるベッドサイドへ向かう。他人の着替《きが》えシーンを覗《のぞ》き見る趣味《しゅみ》はないのでバスルームに留《とど》まっていると、しばらくして男が再び悪態を吐《つ》く。

「今度はなんだ？」

バスルームで自分のネクタイの位置を調節しながらどうやってあの男を引き留めようと考えていたら、エリアスが「レンジファインダーと金を盗《ぬす》まれた。買ったばかりなのに」と答える。

「あんなもの、狙撃手以外が何に使うんだ？」

エリアスは「使い道なんてなくてもいいんだろ。俺をむかつかせるのが目的だから。脅《おど》したし、銃はちゃんと用意してくれるだろうが、意趣返《いしゅがえ》しはしたかったんだろ」と、嫌《いや》そうに呟《つぶや》いて、唯一《ゆいいつ》無事だったマネークリップを手にした。

捜査を終了《しゅうりょう》させるくせに銃を用意させたということは、それは犯人逮捕《たいほ》のためではなく、もしかしたらウクレレ教室にスムーズに戻るために必要なのかもしれない。対ハニー用として。

「そういえば、そのクリップがあればプラスチックカフが外せると言っていたな」

エリアスを引き留めるための理由を探る時間稼《かせ》ぎにそう訊《たず》ねると、彼は俺の前でクリップをスライドさせて見せる。そうするとカードサイズのそれは、マネークリップから折り畳《たた》みのナイフに代わった。刃渡《はわた》り４㎝から５㎝程度のナイフは薄いがメスのように鋭利《えいり》だった。

「軍人御用達《ごようたし》か？」

仕込み刃《ば》のマネークリップなんて、目にするのは初めてだ。

「ヴォルマートで買った。欲しいならエーベイでマネークリップナイフで検索《けんさく》するといい」

「結構だ。ついでに訊くと、どうしてその情報員はお前を拘束《こうそく》したんだ？」

したくなる気持ちは俺もよく分かるが。

「……情報員には不用意に近づかないのが暗黙《あんもく》のルールだ。正体がばれれば命の危険がある。銃と携帯が欲しいっていう下らない用事で命を危険に晒《さら》されて、頭に来たんだろうな」

「怒《おこ》ってる相手とベッドを共にするのか？」

「俺の上官が昔言ってたけど、女の気持ちなんて男には死ぬまで理解できない。それとも性欲《せいよく》が満足したら、理性がようやく仕事をし始めたのかもな」

「ああ、相手の男が下手だと、欲《よく》が醒《さ》めるのも早いしな」

その台詞にエリアスが俺を軽く睨み付けて、「なんなら試《ため》す？」と訊いてくる。その気もないくせに誘《さそ》いをかけてくる非ゲイの言葉に、覚えた苛立《いらだ》ちを飲み込んで「残念だが今は手錠《てじょう》がないから止めておく。他人のことを危機感が足りないなんて言える立場か？ 簡単に拘束されてるじゃないか」と、できるだけ平然と返した。こいつの前で感情が揺《ゆ》れるところなんて見せたくない。それが苛立ちでも、好奇心でも、性欲でもだ。

「夜通し仕事してた奴《やつ》に言う台詞か？ 調べてくれてありがとうって聞いてない気がするな」

一晩中していたのは、女性情報員だけが持つ隠し場《ば》所《しょ》のチェックだろう、という台詞を胃酸で溶《と》かす。それを言えば、俺の品性もこいつと同じ位置まで落ちる気がした。

尤《もっと》も出世のために好きでもない男と寝《ね》ている俺の品性なんて、高が知れているが。

「感謝はしてる。この件が本当に片づいたら、まとめて言わせて貰う」

エリアスは俺の返答に文句を言いながら、白いVネックの上に黒いシャツを羽織った。ボトムは黒に近い紺色《こんいろ》のデニムだ。どうやら昨日俺と早めの夕食を終えて別れた後で、買いに行ったものらしい。センスは悪くはないから、店員の見立てかも知れない。

長い足を見ていると、エリアスはナイトボードの上に残っていた金を数え始める。

小銭《こぜに》ばかりなので、ホテル代には到底《とうてい》足りない。またこちらが金を出すはめになりそうだ。

「レイクサイドの件を、ブラッド将軍は知られたくないのか」

所持金は全部で朝食代にも満たないと気づいたエリアスは、もう一度小さく悪態を吐いた。

「軍事情報に関してはどの国も秘密主義だしな。今回の狙撃に関しても報道規制が入ってるんだろう？　そっちも、うちも」

日本の報道規制は同盟国からの要請《ようせい》で掛かっているが、被害《ひがい》女性の素性から言って、要請がなくても公《おおやけ》にはならない筈《はず》だ。身内に有力者がいると、死後も名誉《めいよ》が守られるらしい。名前も、彼女が行っていた性的な仕事に関しても、一切《いっさい》表に出ていない。少なくとも今のところは。

「レイクサイドを穿《ほじく》り返すと何が出てくるんだ？」

「さぁ、俺は知らない。でも湿《しめ》った土地の石の下には、必ずといって良いほどおぞましい物が住み着いてる。神話の時代から見るな開けるなって約束を破ると、酷《ひど》い目に遭《あ》う。未《いま》だに俺達はその教訓を身に付けてないけどな。オルフェウスやパンドラの犠牲《ぎせい》を無駄《むだ》にするなよ」

確かに伊邪那岐《イザナギ》や浦島太郎《うらしまたろう》が身をもって証明したカリギュラ効果が、俺の心理に影響《えいきょう》していないとは言えない。しかしだからといってカフカの〝掟《おきて》の門〟のように、開けずに後悔《こうかい》することだってあるだろう。どちらにしろ後悔するなら、行動した方が後で納得できる。

「まぁいい。確かにもうそっち側の情報は充分だ。情報源の不確かな物ばかり集めても仕方がないしな。でも、今日一日ぐらいは付き合え。その金じゃどうせ、朝食も食えないだろう？」

結局満足な取引を思いつけずに、エリアスの食い意地にかけてみる。

すると仕事嫌《ぎら》いの狙撃手は考えるように瞬《まばた》きをしてから「捜査《そうさ》の終了を明日《あした》まで引き延ばし

てもいいけど、代わりに今日の飯代と今夜のホテル代は出せ」と恩着せがましく口にした。

「それなら、その分働くんだな」


事件の捜査をするとき、被害者《ひがいしゃ》の身内が必ずしも協力的とは限らない。死んでせいせいすると思っている親も少なくない。俺の親もそうだが、彼らにとって不出来な子供は必要ないのだ。被害者の両親も正《まさ》しくそうだった。娘《むすめ》は初めからいなかったという態度で、刑事《けいじ》を門前払《もんぜんばら》いした。初動捜査で顔を合わせた際に、胡乱《うろん》な者を見るような視線を向けられたのを覚えている。

「これに私がとってもおいしくなる魔法《まほう》のパウダーをかけちゃいますっ。魔法が充分きいてきたって感じたら、両手でこんな風にハートを作ってストップビームを出してくださいっ」

だから今回は幼馴染《おさななじ》みに話を聞くことにした。警戒《けいかい》されるのは困るが、目立つのは更《さら》に困る。だから彼女の退勤時間に合わせて近所で時間を潰《つぶ》すつもりだったが、エリアスの希望で勤め先に入ることになった。結果、メイド姿の女性を挟んで狙撃手と向かい合うはめになった。

「じゃあいきますよっ！　のりのりのりのりのりおいしくなーれっ」

そう言って被害者の幼馴染みでもあり、メイド喫茶の店長兼《けん》接客係でもある女性が魔法のパウダーという名の青のりを、ハート形に配置されたタコヤキにかけていく。

それを真剣《しんけん》に見つめるエリアスに、一瞬《いっしゅん》何のために警察官になったのか分からなくなった。

「この粉は辛《から》いのか？　甘いのか？」

そんな風に訊いてくるただの外国人観光客と化した男に「海藻《かいそう》を乾燥《かんそう》させて粉末にしたもので、甘くも辛くもない。昨日のお好み焼きにもついていた。ところで、もういい加減止めないと、タコヤキがマリモになるぞ」と教えてやる。俺の指摘《してき》を受けてエリアスは「もう充分だ」と告げたが、既定の停止方法ではなかったので彼女の手は止まらない。恐《おそ》らく「充分《イナフ》」ぐらい理解できているだろうが、店内全体に行き渡《わた》るコンセプトをシビアな対応で守っているようだ。

エリアスがすでに緑の何かになってしまった皿の上で、指示されたハンドサインを作ると、女性はようやく青のりをかけるのを止めて「ミラクル美味《おい》しいタコヤキの完成です。ソースとマヨネーズはお好みでおつかいくださいねっ」と微笑《ほほえ》み、俺達のテーブルから離《はな》れていく。

ソースとマヨネーズがセルフなら、青のりこそ好みでいいだろうと思ったが、この手の店は初めてなので、ルールは良く知らなかった。尤も、システムに詳《くわ》しくなったところで、その知識が役立つ日がこの先来るとは限らない。

「似てない」

エリアスは昨晩食べたお好み焼きを非常に気に入っていた。日本語のメニュー表を一々解説するのが面倒《めんどう》で、ちょうど表記されていたタコヤキがそれに近いと言ったら、他《ほか》の料理名を確かめることもなく即決《そっけつ》した。今は俺を信用したことを後悔している様子だ。

「お前がさっさと止めないからだろう」

エリアスはタコヤキにソースを足した。茶色のどろりとしたソースと青のりが相まって、へどろのように見える。鮪《まぐろ》の眼球以上に食欲《しょくよく》をそそらない仕上がりになっている。

エリアスは恐る恐るそれを口に含《ふく》む。俺は彼の前で珈琲《コーヒー》に口を付けながら、恐らく冷凍《れいとう》の物を電子レンジで温めただけの、マリモに似ていたそれを食べるエリアスを見ていた。

しばらく黙《だま》ってもそもそ食べていたが、俯《うつむ》いた彼は「騙《だま》された気がする」と悲しげに呟く。

「昨日食べた物は口の中の水分をこんなに持って行かれなかった」

「それは青のりと浸透圧《しんとうあつ》のせいだな」

思わず笑った後で、目的の女性がいつの間にかいなくなっていることに気づく。

これで彼女を見失ったら馬鹿《ばか》みたいだと、まだ半分以上残っている皿の上の食料を憂鬱《ゆううつ》げに眺《なが》めている男を置いて、店の外に出た。ビルには裏口があるのを確認《かくにん》していたので、表とは違《ちが》う簡素な造りのドアの横で待っていると、先程《さきほど》の女性が水色のトレンチコートを来て所々塗装《とそう》が剝《は》げたスチール製の扉《とびら》を開けた。俺の存在に気づくと驚《おどろ》いたように瞬いたが、すぐに諦《あきら》めたように溜息《ためいき》を吐き出す。どうやらもう逃《に》げる気はないらしい。

「すみません、ちょっとお話を伺《うかが》いたいのですが」

身分証を見せると、彼女は「さっきの客よね。やっぱり警察なの？」と素っ気なく口にした。

「やっぱりというのは？」

俺はともかく、エリアスは刑事には見えない。今日はスーツではなく普通《ふつう》の服を着ているので、こんな店に来ていることを考えても、ただの陽気な観光客だ。

というよりも、出会った当初からあいつはただの陽気な観光客だ。

「色々聞いてるから。あの子のことでしょ？」

彼女は先程は見せなかったような皮肉な笑《え》みを浮《う》かべる。まだ誰《だれ》にも彼女には接触《せっしょく》していないはずだ。初動捜査こそ人員が投入されていたが、被害者が軍人だと分かった今では、俺しか動いていない。外部との兼《か》ね合いで、仕方なく捜査を続行しているだけだ。

「話をするのはいいけど、私あんまり知らないから。高校の頃《ころ》は仲良かったけど、ずっと連絡《れんらく》とってなくて。去年久々に再会して、それでまた連《つる》み始めたけど、最近のことは全然。向こうはよく私の家に来たりしてたけど、私はあの子がどこに住んでるかも知らなかったから」

そのとき路地の入り口の方から視線を感じて振《ふ》り返ると、カラフルな紙袋《かみぶくろ》を持った男達が、じっとこちらを見ていた。先程の店の店内にいた他の客と、雰囲気《ふんいき》が似ている。

彼らと目が合うと、彼女は微笑んで手を振ってみせながら、声だけは取り繕《つくろ》わずに「客に見られたくないから、話すなら別の所にして。いい加減立ってるの疲《つか》れたし」と横目で俺を見た。

「すぐ終わりますから」

そう言って男達が去るのを待ってから、路地の入り口からは彼女が見えないように間に立って背を向けた。女性は不服そうな顔をしたが、それでも文句を重ねることはなく「何が聞きたいの？」と首を傾《かし》げて、煙草《たばこ》を一本取り出して火を点《つ》ける。

大した収穫《しゅうかく》を見込んで話しかけたわけではないが、存外に色々な情報が得られた。高校時代に被害者女性を含む彼女達のグループが、性的奉仕《ほうし》と引き替《か》えに金銭を授受していたこと。そのときに被害者女性が人種の違う男性と高校卒業を待たずに、駆《か》け落ちしてしまったこと等を聞き出す。最初から彼女に話を聞ければ良かったが、実家から離れていたために探し出すのに時間がかかってしまった。

「でもさ、そいつやばい噂《うわさ》があったんだよね。だから付き合わない方が良いって言ったんだけど、あの子頑固でさ。うちらにも親にも反対されて、余計に盛り上がっていなくなっちゃった」

やばい噂の真相は、女性もあまり覚えていない様子だったが、話が進むうちに「そういえば」と目を一度伏《ふ》せた。その際に彼女の目尻《めじり》に小さな皺《しわ》を見付ける。

「一回、あの子に変な客がついて、たぶんヤクザだったんだけど、その彼氏がなんとかしたんだよね。詳しいことは教えて貰《もら》えなくて、処理したからもう平気だよって。そのヤクザ、前はよく見掛《みか》けてたんだけど、それ以来一度も見なかった。アレ、どうなったのかな？」

女性は俺に問い掛《か》けるというよりも、自分に問い掛けるように呟いてから微《かす》かに笑う。

「再会してからその男と続いてるのかって訊《き》いたら、もう別れたって言ってたけど、アレたぶん嘘《うそ》だね。今も付き合ってたんじゃないかな。殺された男の人って、もしかしてその人？」

試《ため》しに被害者の写真を見せると、女は首を振った。

「もっと不健康そうな感じ。痩《や》せてて暗くて、だから余計にトラブルを簡単に解決しちゃったのが不気味だったのかも」

「そいつの連絡先とか名前、分からないかな」

「どっちも知らないの。あの子はトマって呼んでたけど、渾名《あだな》みたいだったし」

彼女には他にも幾《いく》つか質問したが、それ以上の情報は得られなかった。最後に「警察が捜査をしていると、誰から聞いたんですか？」と尋《たず》ねると、女性はフィルターぎりぎりで燃え尽《つ》きた煙草を落として「あの子の親。余計なことを喋《しゃべ》るなだって」と、吸《す》い殻《がら》を踏《ふ》みつける。

「警察って大嫌《だいきら》いだけど、あの子の親はもっと嫌いなんだよね。私のことを出来損《できそこ》ないだと思ってる、うちの親にそっくりだから。……でも、あの子が死んじゃって残念だな」

そう言って踵《きびす》を返そうとした女性に、最後にホテルのカメラから撮った写真を確認して貰ってからビルに戻《もど》ると、丁度階段からエリアスが出てくる所だった。

「食べきったのか？」

俺の質問に、エリアスは「食い物を残すのは嫌いだ」と答えて「会計は済んでるよ」と続ける。

「金はなかったんじゃないか？」

「厨房《ちゅうぼう》で、メイドに軽いサービスをしたら、店の奢《おご》りになった」

「お前の唇《くちびる》に、青のりじゃなくて口紅が付いてる理由はそれか」

エリアスは俺の指摘に、指で唇を拭《ぬぐ》う。愛国心や国粋主義《こくすいしゅぎ》とは無縁《むえん》だと思っていたが、簡単に陥落《かんらく》された店員に対して不甲斐《ふがい》なさを、エリアスに対しては不満を感じる。尤《もっと》もその感情はもしかしたら愛国心とは別物かもしれないが。その正体を見極《みきわ》めるのは得策じゃない気がした。

「まだ喉《のど》が渇《かわ》いている」

非難がましい視線に俺のせいじゃないと答える前に、エリアスが自動販売機《じどうはんばいき》の前で足を止める。じっと見つめられて、仕方なく小銭《こぜに》を入れた。点灯したボタンの中で、彼は自分の国に馴《な》染《じ》みがある炭酸飲料を選ぶ。硝子《ガラス》製の容器がゴトリと落ちてくる音を聞いて、飲み残した珈琲を思い出して喉の渇きを覚えたものの、街中で歩きながら飲食する習慣はないので、欲求《よっきゅう》を無視して歩き出そうとした。

しかし不意にエリアスが、まるで野生動物が危険を察知したように、僅《わず》かに顔を強張《こわば》らせる。次の瞬間《しゅんかん》、彼の手の中で硝子製の容器が破裂《はれつ》する。

「っ」

咄嗟《とっさ》に硝子片《へん》を避《さ》けることができずに、額にちりっと痛みを覚えた。内側からの圧力で割れたように見えたのは、硝子瓶《びん》が粉々になったからだ。エリアスの手は硝子片で傷つき、細かな傷から血が赤く流れ出していた。当然中身は全《すべ》てアスファルトの上に落ちている。

それが内側からの破裂ではないと分かったのは、エリアスの目が真《ま》っ直《す》ぐに線路を挟《はさ》んで離れた場所にあるビルを見つめたからだ。

狙撃《そげき》か、と訊《たず》ねようとして声が出ないことに気付く。普段《ふだん》とはまるで違う真剣《しんけん》な瞳《ひとみ》に縫《ぬ》いつけられたように唇が動かない。せめてビルの陰《かげ》に身を潜《ひそ》めるべきだと思うが、エリアスは堂々と立ったままビルの向こうにふっと笑って見せた。

「大丈夫《だいじょうぶ》？」

「俺より、お前が大丈夫なのか？」

エリアスは俺の指摘《してき》に自分の手を見ると「指は撃《う》たれなかった。相手が上手《うま》い奴《やつ》で良かった」と口にする。そういう問題なのかと思い、啞然《あぜん》としたままその顔を見つめていると「安心しろって。殺す気なら一発目からそうしてる。仮に撃ち損じたとしても犯人の力量なら、頭部を狙《ねら》った弾《たま》が肩《かた》か胸に当たる。手に持った瓶に当たったのは、最初からそこが狙いだったからだ」と平然と言ってくるが、信じ切ることができずにその腕《うで》を引いて路地に入った。

先程、エリアスが見つめたビルの死角に入ってから、自分の心臓が普段よりも速い速度で動いている事に気付く。

「殺すつもりじゃないなら、何故《なぜ》撃ってきたんだ？」

訊ねながら銃《じゅう》を携帯《けいたい》して来なかったことを後悔《こうかい》する。しかし、仮に持っていたとしても役には立たないと思い直す。拳銃《けんじゅう》の有効射程距離《きょり》は50ｍか、１００ｍだ。ビルには勿論《もちろん》届かない。

「これ以上関《かか》わるなら殺す。関わらないなら殺さない。そういう意味だろ」

まるで他人事《ひとごと》のように言った彼の頰《ほお》に、硝子片が傷を付けた赤い線を目にした。

「服が汚《よご》れた」

掌《てのひら》や頰の傷よりも、その方が重大であるかのようにエリアスは顔を顰《しか》める。

そのとき、近くの道路を走る車がクラクションを鳴らして、遅《おそ》い車を追い抜《ぬ》いていく。ガラガラと音を立てて台車を手に制服姿の男が通りすぎていくのも路地の隙間《すきま》から見える。

その日常的な光景に酷《ひど》い違和感《いわかん》を覚えた。先程、ついそこで実弾《じつだん》の発砲《はっぽう》があったなんて彼らは知りもしないし、話したところで信じもしないだろう。

「相手は、もしかしてずっと俺達を狙っていたのか？」

「どうだろうな。俺も鼻が利《き》く方だけど、相手も相当腕の立つプロだしな」

エリアスはそこで言葉を切ると、俺の額に指先でそっと触《ふ》れる。その仕草に顔を上げたときに、エリアスは「髪《かみ》で見えないけど、少し切れてる」と呟《つぶや》く。

顔を逸《そ》らすことでその指から離《はな》れる。その手は血のせいで汚れていた。とはいえ、傷口は深くは見えない。

「それで、どうする？　お前は関わるのを止《や》めるか？」

今日までという約束だったが、身の危険を理由に彼が帰ると口にしても引き留めるつもりはなかった。無償《むしょう》なのに命がけで協力しろとは言えないし、万が一何かあれば責任が取れない。

元々積極的ではないエリアスには良い口実になるだろうと思いながら、目の前の男の目を覗《のぞ》き込んでぎくりとした。感情の一切《いっさい》ない硝子玉のような目だった。射撃《しゃげき》場で見た目とは、また違《ちが》う。だけど、エリアスが本気で人を撃つときはそんな目をしているのだろうと、何の根拠《こんきょ》もなく確信した。普段は得意げに上がっている唇の端《はし》も、今は少しも感情を表してはいない。

「俺はあんたに協力するよ。犯人がまだ日本にいるなら、捜査《そうさ》も無駄《むだ》にはならない。だけど」

すっとエリアスの指先が再び額に触れる。その瞬間彼の手から錆《さび》の匂《にお》いが香《かお》った。

「狙撃手の扱《あつか》い方は俺の方が詳《くわ》しい。だから捜査には俺の意見も尊重して欲しい」

基地で跪《ひざまず》かされたときですら、へらへらしていた男は今はその面影《おもかげ》もなく淡々《たんたん》と要求してくる。この男を怖《こわ》いと思うのは嫌《いや》だったから、睨《にら》み付けるような強い視線で彼の目を見つめたまま「捜査の主導権は俺が握《にぎ》るが、お前の意見はこれまで同様考慮《こうりょ》する」と告げる。

エリアスは瞬《まばた》きをしてからゆっくり微笑《ほほえ》んで、俺の唇に触れた。

「じゃあまず、今狙撃されたことは内緒《ないしょ》にしてくれ」

それはこちらとしても望むところだ。まだ犯人が国内にいると知れたら、俺達は二人とも強《ごう》引《いん》にこの件から手を退《ひ》かされる。同盟国は、もうすでに国内には犯人はいないと結論付けて、無駄足《むだあし》になる可能性が高いと踏んでエリアスを寄越《よこ》した。もしこれで犯人から狙撃されたと知れば、当然捜査は同盟国主体となる。同時に、俺は捜査から外されるだろう。重要事件の捜査は有望なキャリア組が指揮を執《と》るのが慣例だ。

「だけど意外だな。お前でも怒《おこ》るのか」

唇から指を離すために手首に触れると、指先に彼の少しも乱れていない脈拍《みゃくはく》を感じた。

「やられたらやりかえす。三発は返さないと、気が済みそうにない」

醒《さ》めた口調でそう言うと、エリアスは一度瞬きをしてから「同業者に商売道具で狙われて、腹の立たない奴はいない。例えばもしこれが銃じゃなくてボウガンだったら、許してた。やられても、ピロクテテスみたいな死因でなんか恰好いいしな」と、普段の戯《おど》けた様子で続けた。

女性から聞いたことをエリアスにも伝えた結果、エリアスは「そいつは情報員だろうな。トマという偽名《ぎめい》からはどうせたどれないだろうが、一応調べてみる」と言った後で、夜に俺を秋葉原から五駅ほど離れた場所にある、飲み屋に誘《さそ》った。

手の傷は血を洗い流したら目立たなくなったので、特に治療《ちりょう》もしなかった。あの後一応、弾《だん》丸《がん》を探したものの、結局は見当たらなかった。発射場所であるビルに足を向けようとした所、エリアスから「痕跡《こんせき》を残すのを嫌う相手だから、たぶん何も残ってないし、武器もないのに相手を追い詰めるような真似《まね》はすべきじゃない」と窘《たしな》められた。確かに他《ほか》の捜査員を投入出来ないのだから、二人だけで敵を追い詰めるべきじゃないだろう。

「わざわざ警告をするために撃って来たってことは、真相に近づいてきたってことかもな」

あの女性に接触《せっしょく》したことで、犯人が危機感を覚えたのだとしたら、トマという人物が鍵《かぎ》を握っているのかも知れない。俺の言葉にエリアスはビールを飲みながら「もしくは作戦が近づいていて、俺達が目障《めざわ》りだったのかもな。だから殺さずに手を引かせたかったとか」と、気負いなく意見を述べる。確かにここで捜査員が殺されれば、次の標的の警護は厳重になるだろう。

「次の標的は日本にいるのか」

俺の言葉にエリアスは「俺に訊《き》くなよ。知らないの、知ってるだろ?」とへらへら笑う。

店は客の殆《ほとん》どが外国籍《がいこくせき》のようだった。時折日本人らしき客もいるが、日本語はどこからも聞こえて来ない。店内には、どこの言葉か判別が付かない言語が飛び交《か》っている。床は水槽《すいそう》になっていて、更《さら》にその下にあるライトが店内を明るく照らしていた。ライトの色は時折変わる。その色が赤に変わったときに、エリアスは顔見知りを見付けたのか、俺から離れた。

狙撃されたというのに恐怖心《きょうふ》はないらしい。基地に戻《もど》って保護を求めても良さそうなものだが、街中でも怯《おび》えた様子はない。今も若い女性と話している。離れているせいもあるが、店内にかかる大音量の音楽で、会話は全く聞こえない。まさか今日も女性を連れ帰る気なのかと呆《あき》れ半分、自分でも上手く説明の付かない面白《おもしろ》くない気分で眺《なが》めていると、エリアスが話している相手に、人目に付かない角度で手錠《てじょう》を返すのが見えた。彼女が昨夜の〝茶髪《ちゃぱつ》の美人〟なのだろう。

遠くからなので上手く判別できないがアジア系だ。日本人かもしれない。エリアスは彼女の肩を抱《だ》いて近づいてきた。女性の顔を見る限り、明らかに迷惑《めいわく》そうだ。事情を知らずに二人を目にしたら、酔《よ》っぱらいが嫌がる相手に執拗《しつよう》に絡《から》んでいるように見える。

「今、人捜しを依頼《いらい》したところだ。トマって男の。もし万が一、俺が事情があって彼女と連絡《れんらく》が取れなくなったら、あんたが彼女と直接やりとりをしろ」

餅《もち》は餅屋《もちや》。情報員のことは情報員に聞くということだろう。

「どれぐらいで探せる？」

質問を受けて、女性は引きつった顔で俺を見ると、「悪いけど、引き受けるとは言ってないのよ」とぎこちなく首を振《ふ》る。潜伏《せんぷく》行動中に関係のない頼《たの》み事をされ、いきなり見知らぬ第三者に引き合わされたことで、彼女の中の憤《いきどお》りは限界まで膨《ふく》らんでいるように見えた。

「そんなこと言うなよ。折角《せっかく》輸入業がうまくいってるところだろ？　扱ってる商品のことを内緒にしたいよな？　それとも内緒にしたいのは自分の経歴か？」

脅《おど》しを受けて、女性は「殺したい」という顔で彼を睨むと「売る気？」と尋《たず》ねた。

エリアスは「お願いしてる。今はな」と口にする。今まで聞いた中で一番威圧《いあつ》的な声音《こわね》に、女性は躊躇《ためら》うように唇《くちびる》を開いたが、結局は何も言わずに閉じて、決意した様子で吐息《といき》を漏《も》らす。

「いいわ、分かった。でも、私達は同じ国の人間なのよ。私を売ったら、あなたも潰してやる」

女性はそう言って踵《きびす》を返そうとしたが、思い出したように再びエリアスを見つめると「でも、もし彼が私と同じ組織なら、その情報は売れないからね」と、釘《くぎ》を刺《さ》した。

「悪いな。金は払《はら》う」

「悪いと思うなら、金輪際関わって来ないで。あなたは目立ちすぎるのよ」

女性は最後に小さく首を振ってから、周囲の人間に見えるように思い切りエリアスの頰を叩《たた》くパフォーマンスと罵声《ばせい》で、しつこいナンパに辟易《へきえき》した女性を装ってから傍《そば》を離れていく。

エリアスは叩かれた頰を押さえて「これだから年上は苦手なんだ。プライドを傷つけられると、過剰《かじょう》に攻撃《こうげき》してくる」と口にする。硝子《ガラス》片が肌《はだ》を切り裂《さ》いても微動《びどう》だにしなかった男が、今は女性から叩かれたぐらいで喚《わめ》いていた。女性の演技により信憑性《しんぴょうせい》を持たせるために、情けない男を演じているのかと思ったが、すぐに情けないのが素《す》であると思い直す。

「年上といっても、それほど離れてるようには見えないけどな」

「彼女は俺の三つ上だ。少なくともベッドの中の自己申告《しんこく》はそうだった」

「お前はいくつなんだ？」

エリアスは自分の年齢《ねんれい》を答えたが、想像していた通りまだ若い。なのに狙撃《そげき》手として名前が知られているのは、余程腕《うで》が良いか、相当のヘマをしたかのどちらかだろう。

将軍は彼を褒《ほ》めていたが、撃てなくなったと言っていたから後者かもしれない。

「俺の五つ下か」

するとエリアスはぽかんと口を開けてこちらを見る。

「嘘《うそ》だろ。同い年ぐらいかと思ってた」

「アジア人は西欧《せいおう》に比べて、顔立ちが幼いからな」

「童顔とかいう問題なのか？　詐欺《さぎ》に近いだろ」

しげしげと顔を見られて、居心地《いごこち》の悪さを感じる。童顔だと指摘《してき》されたことはないし、自分でもそうは思わない。だから人種的な問題だろうと纏《まと》めて、アルコールの入っていないドリンクを飲み干す。狙撃される可能性がゼロではないのに、エリアスのように飲酒する気にはならない。

しかし無防備に外にいることで覚えた恐怖を、酒で紛《まぎ》らわせたい気持ちはあった。狙撃された被害者《ひがいしゃ》の姿が脳裏《のうり》を過《よぎ》る。酸化した血と、石榴《ざくろ》のように弾《はじ》けた肉の色が瞼に蘇る。今更《いまさら》、エリアスが「安全ではない」とホテルを替《か》えたことを思い出す。

「用が済んだなら出るぞ」

「どこ行くんだよ。帰るのか？」

「さっきの彼女との面通しは済んだろ。用がないなら、ホテルを探さないと」

「ホテルか。こうなった以上、ホテルよりもあんたの家の方がいい。俺と一緒《いっしょ》にいたところを狙撃されたんだ。犯人にとっては、あんたも警告相手の一人だよ」

「二人で自宅に戻れば、住んでる場所がばれる」

俺の言葉にエリアスは少し呆れた顔をする。

「もうばれてる。犯人は用意周到《よういしゅうとう》だ。警告のために狙撃したら、相手が警戒《けいかい》することなんて考慮している。もう押さえられる情報は全《すべ》て押さえているから、警告してきたんだ。ホテルではなくしばらくあんたの家に泊《と》めてくれよ？　その方が、俺も楽にあんたのことを守れる」

「守って貰《もら》うほど弱くはない」

警察官になると決めたときから命の覚悟《かくご》はできている。最近は前線に立つことが少なくてその覚悟は色褪《いろあ》せていたが、まだ辛《かろ》うじて残っている。

狙撃に対する恐怖はあるが、だからといって女性のように、エリアスに守られたいとは思えない。そもそもこの男が真剣《しんけん》に誰《だれ》かを守る姿を、想像できない。

「じゃあ逆に、俺のことを守ってくれよ。セキュリティは、ホテルより上だろ？」

寮《りょう》に住んでいるので、セキュリティはホテルよりも高い。不審者《ふしん》の出入りに関しても制限されている。廊下《ろうか》や入り口には、カメラも付いていた。エリアスの要求はもっともだったが、しかしこの男を家に連れ帰るのは憂鬱《ゆううつ》だった。寮監への説明が面倒《めんどう》だという理由だけではなく、一緒に捜査《そうさ》にあたるだけで辟易する相手と、共同生活を送りたいとは思えない。

いっそセキュリティに関しての利点だけを考えるなら、拘置所《こうちしょ》に閉じ込めておきたかった。

「セキュリティなら厨子基地の方が上だろう」

「内通者がいるかもしれないんだ。休暇中《きゅうか》で嫌《きら》われ者の俺が射殺されたとしても、内々に処理される可能性が高い。犯人以外にも、俺を殺したがってる奴《やつ》に何人か心当たりもあるしな」

「毎回掛《か》け金《きん》を巻き上げてたら、嫌われもするだろうな」

「第一、命を狙《ねら》われてるから保護してくれなんて言ったら、普通《ふつう》にパラオに戻されるだけだ」

「わかった。俺の家に招待してやる。でも、俺の家では俺がルールだ。だから俺に従え」

「いつもいい子にしてる」

どこがだ、と言いかけた言葉を飲み込んだ。店を出るときに彼が入り口のすぐ横にあるロッカールームに入り、その一つを開けて、中に入っていた銃《じゅう》を無造作に腰《こし》とデニムの間に差し込む。

背後に手を伸ばせば簡単に取れる位置だ。

「おい。何がいい子だ」

もしかしたら手錠を返したときに、代わりにロッカーの鍵を受け取っていたのかもしれない。しかし周りに人がいないとはいえ、こんな所で堂々と銃を出されるなんて思いもしなかった。

日本における銃所持の現状について、詳《くわ》しく説明する必要があるようだ。俺がそんなことを考えていると、エリアスは更にロッカーから拳銃《けんじゅう》用の弾丸を取り出し、それをバッグに入れた。

彼を連れこむというのはそれらも俺の家で保管するということだ。違法《いほう》な手段で入手した銃を所持すると考えると頭痛がした。見たくなかったと思いながら、エリアスを連れて店を出る。

しかし外に立った途端《とたん》、不意に飛び込んできた弾丸が、自分の体を貫《つらぬ》く妄想《もうそう》ばかりが頭を巡《めぐ》る。タクシーに乗り込んだ時はほっとしたが、タクシーの窓が防弾《ぼうだん》であるはずがない。

「リラックスしろよ。心配しなくても、もし狙撃されたら、俺が盾《たて》になってハルキを守る」

無意識に落ち込んだ顔をしていたのか、不意にエリアスがそう口にする。

「なんなんだ？　いきなり」

「飯と宿の礼ぐらいはする。だからそんなに心配しなくていい」

平然としている相手を不覚にも頼もしく感じ、横に座る男を見る。美しい髪《かみ》は夜の中で、しっとりとした色に落ち着き、瞳《ひとみ》も暗い場所では黒く見える。時折通り過ぎていく隣《となり》の車線の車のヘッドライトが、本来の色を照らしだす。黒から青緑へ、そしてまた黒へ。現れては消える美しい色に目を奪《うば》われながらも、たった今、エリアスから告げられた言葉の意味を考えてみる。

「……………貫通《かんつう》しないか？　犯行に使われた銃の威力《いりょく》なら、お前を貫通した上で俺に届くよな」

彼が俺を盾になって守ったところで、命の保証があるとは思えない。

「届くな。余裕《よゆう》で。わかった。じゃあ万が一、ハルキが狙撃されたときは俺が生き残って敵《かたき》を討《う》つ。墓にはポーの〝夢《ア・ドリーム・ウィズイン・ア・ドリーム》の夢〟を刻んで、花を供えるよ。安心した？」

「その詩は知らないが、ろくでもない意味だってことは知らなくても分かる」

エリアスは「ポーに失礼だな」と言ったが、撤回《てっかい》する気はない。しかし軽口のお陰《かげ》で恐怖感《きょうふかん》は薄《うす》らいだ。家に帰る頃《ころ》には、通常の精神状態に戻った。

ただ車内で年下の男にナーバスになっていることを見抜《みぬ》かれたことは、恥《は》ずかしかった。今までだって危険な仕事はあった。危ない目にあったことだって一度や二度ではないが、それでもこんな風に怯《おび》えたりはしなかった。相手の得体が知れないというだけで、自分が年下に心配されるほどあからさまに取り乱すなんて、失態だ。不意に、退職した警官から「バッチがある間はいい。バッチがなくなると、途端に怖《こわ》くなる」と聞いたことを思い出す。何となく彼の気持ちが分かった気がした。

「靴《くつ》を脱《ぬ》いで上がれ」

先程《さきほど》の狼狽《ろうばい》を忘れてしまいたくて、家に入るときは普段《ふだん》よりもぶっきらぼうに告げた。

エリアスは俺の後ろについて部屋に上がると、遠慮《えんりょ》無く室内を見回す。独身用の寮はほとんどが1LDKだ。居間の隣には寝室《しんしつ》がある。家に人を招くのは初めてだった。署内で不用意な噂《うわさ》が立つのを嫌う谷原も、この部屋には来たことがない。他《ほか》の男達もそうだ。他と言っても、最近は谷原以外の男は相手にしていないが。

「良い部屋だ。日本の警察はうちの国より給料が良いんだな。あんたの車も良いやつだしな」

居間に足を踏《ふ》み入れた後で、エリアスはそんな感想を漏らす。確かに部屋数は少ないが、面積は広い。私用の車は三叉戟《さんさげき》のエンブレムが付いている黒のスポーツタイプで、確かに安い車ではないがそう無理をして買ったわけでもない。しかし給料が良かったのは降格前の話だ。

「それにゲイっぽくない。気に入ったよ」

「お前が軍の中で嫌われてるのは、誤射のせいだけじゃないんじゃないか？」

指摘すると、エリアスは傷ついた素振《そぶ》りもなく「俺が軍の中で嫌われてるのは学歴と家柄《いえがら》がないからだよ」と簡潔に口にしてから、オーク材のリビングボードに置いたままの、市販薬《しはん》のパッケージを手に取る。日本語が分からないなら何の薬かは分からないだろうが、効用が軽いとはいえ睡眠導入剤《すいみんどうにゅうざい》を持っていると知られるのは嫌《いや》だった。

「狙撃手にとってその二つは重要じゃないだろ」

「狙撃手には必要なくても、出世には必要なんだ。俺が士官学校出やコネがある奴等《やつら》を追い抜《ぬ》けたのは、実績とブラッドに目をかけてもらったのが理由だ。でもそれを面白《おもしろ》く思わない連中は多い。だから軍法会議では色々言われたよ」

その台詞《せりふ》に、つい自分の降格を思い出す。模造銃を持った未成年の強盗犯《ごうとう》に対し、人質《ひとじち》の命を優先して発砲《はっぽう》を許可したのがきっかけで、出世の道を外された。俺とエリアスの違《ちが》いは家柄と学歴だけじゃない。撃《う》つと決めたか、撃たないと決めたかも違う。尤《もっと》も、俺達はどちらも組織から弾《はじ》き出されたのだから、過程が違っても結果は同じだった。

「でも、今の生活はそれなりに気に入ってる。病気療養《りょうよう》ってことで前線からは外されたけど、お陰で生まれて初めてパラオに行けた。伏撃ち《プローン》で肘《ひじ》が痛くなることもないしな」

病気療養は彼を仕事から外すための名目だったと分かり、他人事《ひとごと》ながら僅《わず》かな憤《いきどお》りを覚える。しかしエリアスは気に病《や》む風もなく、くつろいだ様子で勝手にソファに座った。

「悔《くや》しくないのか？」

俺は悔しかった。行き場のない怒《いか》りで、一時期は自暴自棄《じぼうじき》になりかけた。エリアスは「軍の連中は表だって子供の始末を躊躇《ためら》ったことを非難できないから、病気療養の名目を使ったけど、でも俺の判断が仲間を殺したのは事実だ。悔しいっていう感情はない。後悔《こうかい》はしてる」と口にして、腰に差した拳銃を取り出す。

照度が低い飲み屋ではよく見えなかったが一般《いっぱん》人向けのクラウニングGMだ。ベルギー人の設計士が作り同盟国が製作したクラウニングは、百年以上に亘《わた》って〝拳銃の頂点〟という称号《しょうごう》を恣《ほしいまま》にしている。設計士がとっくに亡くなった現在も、新作のモデルが数年に一度発売されていた。日本の警察も一部、クラウニングのモデルを採用している。だから俺にとってもその銃は見慣れた物だった。それをエリアスが慣れた動作で解体していく。

「ガンオイルはないぞ」

あっという間にリコイルスプリングが姿を現し、グリップもばらばらになった。そうなると途端に銃が持っていた威厳《いげん》は失われる。牙《きば》の欠片《かけら》に似たトリガーを硝子《ガラス》テーブルに置いた後でエリアスは「手入れがしたいわけじゃない。新しい銃は、一度解体しないと使う気になれない。プロが弾詰《たまづ》まりするなんて、レーサーがエンストするようなものだからな」と喩《たと》える。

以前より多少分かり易《やす》くなった比喩《ひゆ》に納得《なっとく》しながら、ばらばらになった部品が組み立てられていくのを眺《なが》める。銃が元の形を取り戻《もど》すと、薬室を含《ふく》めて十一発装塡《そうてん》できる拳銃に、エリアスは慣れた動作で弾を籠《こ》めた。それから「あんたも出来れば携帯《けいたい》した方が良い」と口にする。

「狙撃銃《そげきじゅう》相手に拳銃で太刀《たち》打ちできるとは思えないけどな」

「犯人は殺せなくても、ホイッスル代わりにはなるだろ」

確かに街中で銃声《じゅうせい》がしたら、応援《おうえん》を呼ぶよりも早く通報されるだろう。けれどホイッスルには発砲理由説明のための報告書は必要ない。日本では然《そ》う然う気軽に発砲はできない。

「銃は扱《あつか》うのは向いてない」

俺の言葉にエリアスは小さく笑うと「やりたいこと、得意なこと、やるべきことは、ときとして全《すべ》て異なる」と、珍《めずら》しく大人びた顔で、弾倉《だんそう》に入らなかった鈍色《にびいろ》の弾丸《だんがん》をケースに仕舞《しま》う。

慣れた手つきを見ながらふと、やりたいことが出来たためしなんて一度もないことに気付いた。


ベッドを譲《ゆず》る気は無かった。ソファは彼の身長に対して少し狭《せま》いが、それでも眠《ねむ》れないことはない。だから遠慮無く部屋を分けて、布団《ふとん》の中に入ったものの、眠気《ねむけ》は一向に訪《おとず》れなかった。

体は疲労《ひろう》を感じていた。睡眠の必要性も理解していたが、頭はやけに冷えていた。

悶々《もんもん》としたまま横になっていると、廊下《ろうか》で微《かす》かな音がする。反射的に飛び起きて、しばらく耳を澄《す》ませた。向かいの住人が帰宅しただけかもしれないが、どうしても気になって寝室を出た。足音を忍《しの》ばせて居間を通ってから、玄関《げんかん》のスコープから外を覗《のぞ》き見る。

予想通り、向かいの男がドアの前で鍵《かぎ》を探しているのを見て、神経質になっている自分が馬《ば》鹿《か》みたいに思えた。引き返すときに「眠れないのか?」と低い声が掛かる。

ソファの上で仰向《あおむ》けになったエリアスと目が合い、馬鹿にされるかもしれないと思ったが、眠気のない瞳を見て「お前もそうなのか？」と問い掛《か》けた。

「ソファで眠る訓練は受けてないんだ」

ならば四日間森の中に潜《ひそ》んでいたときはどこに寝《ね》ていたんだ、と未《いま》だにベッドを諦《あきら》め切れていない男に溜息《ためいき》を漏《も》らす。どうせ眠れないのだから譲っても良かったが、明日以降も彼を泊《と》めるかもしれないのだから、ここで立場をはっきり認識《にんしき》させておく必要がある。躾《しつけ》は最初が肝心《かんじん》だ。

「ゲイのベッドに入りたいのか？」

エリアスが忘れている俺の性癖《せいへき》について、わざわざこちらから思い出させてやる。

「まぁね、あんたなら別にいいかな」

しかし予想に反して、彼の言葉にはからかいや笑いは含まれていなかった。

「興味があるのか？」

半信半疑で尋《たず》ね返す。俺が本気にした途端《とたん》に掌《てのひら》を返されるのを覚悟《かくご》しながら、質問を重ねる。

「あるって言ったらどうする？」

積極的にそういう行為《こうい》がしたかったわけではない。彼を家に呼んだときに下心があったわけでもない。成り行きで知り合ったばかりの相手と寝るほど、浅慮《せんりょ》でも若くもない。

だけどこのままベッドに戻っても眠れる気はしなかったし、自分から引くのは癪《しゃく》だった。

「別に俺は構わない。後で被害者面《ひがいしゃづら》しないならな」

最後の決断を委《ゆだ》ねた俺の台詞に、のそりとエリアスは起きあがった。

「なら、俺も使わせて貰《もら》う」

あっさりとそう言って寝室に向かう相手に、拍子抜《ひょうしぬ》けする。ゲイフォビアだと思っていたから余計に意外だ。それとも本当に眠るだけのつもりなのか。戸惑《とまど》いを隠《かく》したまま、寝室に入る。

エリアスは乱れた俺のベッドを見て、「終わる頃《ころ》には、きっと眠れる」と呟《つぶや》いた。

一体何を考えてるのかは知らないが、どうやら彼は俺と本気で同衾《どうきん》するつもりらしい。

「怯えてる？」

躊躇いを見透《みす》かす問い掛けを無視して、ベッドに入った。

事実怯えているわけではないが、疑問は残る。ゲイではない彼が俺と寝る理由について。

「それは、お前の方だろ？」

セミダブルは二人で眠るのには狭すぎる。肌《はだ》が触《ふ》れるのは避《さ》けようがない。だからぎこちなく強張《こわば》ったエリアスの体にも、否応《いやおう》なしに気付いてしまう。俺の指摘《してき》に、彼はばつが悪そうな顔で「ときどき、夢の中で銃声がする。その音で飛び起きたときの気分は最悪だ。もっと最悪なのは、それが本物かどうか自分では判断できないところだ」と吐《は》き捨てた。

それから誤魔化《ごまか》すように彼の指が体に這《は》う。かさついた硬《かた》い指だった。

手が触れるのも初めてなのに、いきなりこんな状況《じょうきょう》だなんて、関係が飛躍《ひやく》しすぎている。もしかしたら睡眠導入剤が必要なのは、彼の方なのかも知れないが、薬を取りに行くつもりはない。それは単純に、俺には疲労と快感が必要だったからだ。たぶんこいつにも。

エリアスの表情を見て、彼が俺と寝ることに決めた理由に納得した。その悪夢がただの悪夢だと教えて貰うためなら、横にいる相手が男であっても構わないのだろう。

「銃声か。今撃たれたら、死にきれないな」

寝室《しんしつ》には縦に細長い窓が三つ、等間隔《とうかんかく》に並んでいる。はめ殺しのそれはベッドから死角になる位置に配置されているので、狙撃《そげき》される可能性はない筈《はず》だが、それでも色々と考えてしまう。

視線を無意識に窓に向けていると、エリアスが「集中しろよ」と言った。

「上手《うま》ければ、すぐに集中できる」

お前の方こそ、集中していないだろうとは返さなかった。怯《おび》える子供を茶化《ちゃか》す趣味《しゅみ》はない。

「あんたってほんと、可愛《かわい》がるより泣かせたいタイプだよな」

「お前は好きな子を泣かせてから焦《あせ》るタイプだな」

エリアスは俺の言葉に「そうかも」と素直《すなお》に認め、唇《くちびる》で肌を掠《かす》める。焦るような手つきだったが、彼が俺と寝る理由を知った以上、それが欲情故《よくじょうゆえ》だと勘違《かんちが》いすることはできなかった。

「男との経験は？」

もしかしたら悪夢から逃《のが》れるために男を抱《だ》くのは初めてじゃないかもしれないと思い、尋ねると、エリアスはあからさまに嫌そうな顔で俺を見て「あるわけない」と口にする。これから男と寝ようとしている癖《くせ》に、過去に男と経験があると誤解されるのが嫌だなんて、複雑だ。

けれどその返答に何故《なぜ》か満足した気分で、「戦場には女は多くないだろう？」と続けた。

「軍に、あんたみたいな綺麗《きれい》なのはいない」

エリアスは服の下に手を滑《すべ》り込ませると、胸の先を掌で撫《な》でた。些細《ささい》な愛撫《あいぶ》だったが、不意打ちのせいで声が出そうになり、慌《あわ》てて唇を噛《か》む。すると、先程《さきほど》まで悪夢を気にしていた男の顔が少し和《やわ》らぐ。どうも感じたことを気付かれたようだ。舌打ちしたい気分で「お前が望まなくても、相手が望むんじゃないか？」と会話を続ける。

彼の手が服を脱《ぬ》がせようとしたから、自分で脱いだ。そうすることで完全に主導権を相手に渡すつもりはないという自己主張ができると思ったが、この期《ご》に及《およ》んでそんなことをぐだぐだ考えている自分に呆れる。疲《つか》れるためのセックスに、駆《か》け引きは必要ないはずだ。

割り切って全て任せてしまえばいいと思ったが、まだ理性が働いているうちは無理そうだ。

「それは俺が恰好いいから？」

やはり先程の反応で、調子に乗せてしまったらしいが、嘘《うそ》を吐いても仕方ないので「まあな」と認める。こんな状況で今更《いまさら》否定しても意味がない。

「敵も味方も、俺と関《かか》わりたいと思ってる奴《やつ》は少ない。幸福を吸い取られるって話だ」

「ファインダーの中に入らなきゃ大丈夫《だいじょうぶ》なんだろ？　みんな信じてるのか？」

厨子基地であったエリアスの知り合いは、そう言っていた。

「どうだろうな。戦場にいると信心深くなるし、下らないジンクスを信じるようになる。何かに縋《すが》りたくなるんだろうな。いきなり家族思いになる奴も多い。尤《もっと》も、女は例外だけどな。男が女の信じている星占《ほしうらな》いを馬鹿にするように、女も男の信じているジンクスに興味はない」

不意に彼の指が尾骨《びこつ》を掠め、その奥に触れる。思わず息を吐くと、もう片方の手が項《うなじ》に回り、耳の下を親指で撫でられた。いきなり直接的に触れられるとは思っていなかったので、上擦《うわず》った声が出そうになる。エリアスは子供みたいに性急で、まるで勢いがなければこんな行為は出来ないと思っているのではないかという懸念《けねん》を抱くには充分《じゅうぶん》だった。だけど俺の体が反射的に跳《は》ねると、彼はその性急さを後悔《こうかい》するように指を背中の方に移動させる。

「兜あわせ《フロッタージュ》だけでも構わないんだぞ」

繋《つな》がるだけがやり方ではない。同性愛者にも、そういった方法を好まない連中もいる。だから変に気負うなと教えてやるつもりで言ったが、エリアスは薄《うす》く笑っただけだった。

「ゲイのやり方やマナーに興味はない。俺は俺のやり方であんたを抱くよ」

彼の低い声が鼓膜《こまく》を擽《くすぐ》った瞬間《しゅんかん》、体の奥に熱を伴《ともな》う疼《うず》きを感じる。思わず吐き出す息が震《ふる》えた。性的に求められることで感じる喜びには、ずっと無縁《むえん》だった。少なくとも谷原や他《ほか》の男に求められて、その事実だけで煽《あお》られたことはない。

「さっき、店で俺が情報員と話してるのを見て、嫉妬《しっと》してただろう？」

そう訊《き》かれて「自惚《うぬぼ》れてろ」と答えると、エリアスの手が再び奥まった場所に触れた。潤《うるお》いのない場所を何度も指で辿《たど》られて、そのうち内側が反応し始める。

「認めろよ。俺は結構嬉《うれ》しかったのに」

指がその場所から離《はな》れて陰茎《いんけい》に触れた。直接触れられると、そこは犬みたいに素直に頭を擡《もた》げた。エリアスは反応の早い体をからかうでもなく、代わりに俺の唇を自分の唇で塞《ふさ》ぐ。

唇をしゃぶられて口の周りを汚された後で、長い舌が入ってくる。濡《ぬ》れた音が聞こえた。舌を舐《な》められ、唇を離すとすぐに追い掛けてくる。キスを繰《く》り返しながら、陰嚢《いんのう》の中心を指の腹でさすられる。もどかしい刺激《しげき》に腰《こし》が揺《ゆ》れるが、彼は気にした風もなくキスを続けた。

耳の下を撫でるくすぐったい指の動きと、下半身への刺激が相まって、心地《ここち》よい疼きが体の奥に徐々《じょじょ》に溜《た》まっていく。張り詰めた陰茎は触れられるのを期待して、熱くなる。

このまま彼の思うままに弄《もてあそ》ばれるのが耐《た》えられず、手を伸《の》ばしてエリアスの下着に触れた。そこが反応していることに驚《おどろ》く。手か口で、硬くしてやる必要があると思っていた。

「これじゃ、余計に眠《ねむ》れなくなるな」

ベッドから出る時に一度目にしたことはあるが、硬く膨《ふく》らんだ陰茎はあのときよりも随分《ずいぶん》大きい気がした。エリアスが自分と繋がるためにそこを膨らませていると思うと、興奮よりも先に安堵《あんど》する。彼の気分次第《しだい》では、ベッドから放《ほう》り出されるのを頭のどこかで覚悟していたせいだ。じわじわと熱を煽られたのに、ここで中断されたら堪《たま》らない。

「あんたのも硬くなってる。眠る気なんて、ないだろ？」

下着の中に手を入れて、直接触れる。硬く熱の籠《こ》もったそれを取り出すと、足に擦《こす》り付けられた。生々しい感触《かんしょく》に背中が粟立《あわだ》つ。若いせいか高々とした雄《おす》には張りがある。熱い欲望《よくぼう》を手の中に納め、知らず知らずに喉《のど》の奥へ唾液《だえき》をこくりと飲み込んでいた。

「待てない？」

楽しげな声に答えるかわりに彼の舌を軽く噛む。すると仕返しのように胸の先を摘《つ》まれた。

「っ」

痛みを覚えてぷくりと尖《とが》る。エリアスは先端《せんたん》に爪《つめ》を這わせると、軽く引っ掻《か》いた。「痛い」と口にするのは弱音を吐くみたいで嫌《いや》だった。変な所に拘《こだわ》る自分に呆れ、その指が胸を虐《いじ》める

のを耐えていると、陰茎の先を優《やさ》しく擦《こす》られて「う」と小さな呻《うめ》き声を上げる。ゆっくりと割れ目を辿られた。じわりとそこから淫液《いんえき》が染《し》み出すのを感じて、頬《ほお》が熱くなる。

「あんたもそういう顔をするんだ?」

どこか興奮した口振《くちぶ》りで指摘されて、思わず隠すように顔を背《そむ》けると、唇で胸の先に触れられた。爪の代わりに今度は舌で舐められ、薄く開いた唇からは荒《あら》い息が漏《も》れる。

「エリアス」

先を求めると、彼の両手が尻《しり》に這う。引き寄せられて陰茎同士がぶつかる。肌はお互《たが》い汗《あせ》ばんでいて、余計に密着している気がした。彼の首筋に顔を埋《うず》め、その背中に腕《うで》を伸ばして鼻腔《びこう》に広がる匂《にお》いを吸い込む。エリアスの体臭《たいしゅう》は肉ばかり食べているくせに、やけに心地が良い。

鼻を動かしていると「あんた意外とかわいいな」と、耳元でエリアスが笑う。

調子に乗った相手を窘《たしな》めるために唇を開いたが、大きな両手で尻の肉を掴《つか》まれて、ぐにぐにと揉《も》まれると敵《かな》わなくなる。左右に開かれて、穴が引きつれるのが分かった。

「こんなに狭《せま》い場所に入れて、痛くないの?」

長い指の一つが、剝《む》き出しにされた穴に触れる。声を出すのはまずい気がした。嬌声《きょうせい》に変わるのを恐《おそ》れて頷《うなず》くに止《とど》める。体がくっついているから、身動《みじろ》いだだけで意思が伝わるのは楽だった。彼の匂いに酔《よ》っていると、指が入ってくる。体の奥が貪欲《どんよく》に長い指を締《し》め付けた。

「やっぱりきついよな、これ」

掠れた声で告げられる。ゆるゆると中をさすられたが、その度《たび》に肉が彼の指に絡《から》みついて引っ張られるのを感じて、思わず唇を噛む。

年下の男と寝《ね》るのは構わないが、エリアスに女みたいな声を聞かせるのは嫌だ。気味が悪いと萎《な》えられたくない。そもそも他の男と寝るときも、そんな声は出さない。なのに今は、自分がどうなるのか分からずに怖《こわ》かった。今までとは違《ちが》うのだと、入れられる前から明確に感じた。

「ゴムはどこにある？」

この仕事に就《つ》いてからは数人としか関係していないし、ここ数年は谷原としか寝ていない。いつも彼が用意したホテルで、彼の用意したゴムで行ってきた。

首を振《ふ》るとエリアスはろくに考えもせずに、「なくてもいい？」と訊く。こんな状態で放り出されるのは堪らない。頷くと「そういえば」とエリアスは相変わらず掠れた声で「俺の兄貴は初めてするときにゴムがなくて、ビニール袋《ぶくろ》被《かぶ》せてやったんだって」と続けた。

世間話をはじめたから熱が冷めたのかと思ったが、指は増えて中を広げるように開かれる。

「平気、だったのか？」

平静を装って会話を続ける。それでも吐《は》き出した声は上擦ってしまった。

「兄貴はそのときの娘《むすめ》に神の贈り物《ドロテア》って名づけたよ。あいつは俺と違って"pull and pray"が苦手なんだ。クリームパイも好きだしな」

以前〝引き金を引く前に祈《いの》る〟と聞いていたので、射撃《しゃげき》のことを指しているならエリアスが得意なのは分かる。けれど彼の兄も一発で受精させたなら、射撃が得意なのではないかと思った。

疑問はあったが、軽口を叩《たた》くのは止《や》めてエリアスの体を押し、指で体勢を入れ替《か》えるよう指示する。エリアスが横になったのを見て、屈《かが》み込んで勃《た》ち上がった物を手で包んだ。

「口でしてくれんの？」

「濡れないからな」

そう返した後で音を立てて先端に唇《くちびる》を落とす。いつもは請《こ》われれば仕方なく行っていたが、今は奉仕《ほうし》への抵抗《ていこう》よりも欲望の方が強く、気にならない。唾液をエリアスの大きな陰茎に垂らして、それを擦り込むように唇を動かした。唾液が樹液のように幹を伝うのを見て、自分でしておきながらそのいやらしい光景に、堪らない気分になる。

髪《かみ》よりも少し濃《こ》い色の陰毛《いんもう》を掌《てのひら》で逆撫《さかな》ですると、エリアスが「上に乗ってよ」と口にした。口を付けたまま上目遣《うわめづか》いで真意を探《さぐ》ると「柔《やわ》らかくしとかないと入らないだろ？」と笑い、歯の隙間《すきま》からちらりと舌を覗《のぞ》かせる。この程度の台詞《せりふ》で赤面するのは不本意だが、彼の上に跨《また》がる姿を想像すると駄目《だめ》だった。

「自分でするから、構うな」

不感症《ふかんしょう》気味だったはずなのに、指ですら堪らない気分にされた。舌でされたらどうなるか、想像すると怖い。乱れた姿を見られることに、強い羞恥《しゅうち》を覚えた。

「寂《きみ》しいこと言うなよ。セックスは二人でするものだろ？　それともそんなに恥《は》ずかしい？」

恥ずかしいと、認めることも嫌だった。だからといって要求通りに跨るのも無理だ。

けれど彼は返答を待つつもりはないらしく、上半身を起こして強引《ごういん》に俺の足を摑んだ。

「っ、おい」

抗議《こうぎ》を継《つ》ぐ前に腰を摑まれ、膝《ひざ》がシーツの上を滑る。顎《あご》をぶつけて舌を嚙みそうになった。駄目だと言う前に足の付け根付近の太腿《ふともも》を吸われる。じゅ、と音がして欲望が膨れあがった。

「エリアス」

咎《とが》めるための声が掠《かす》れる。彼の唇は、先程《さきほど》指で散々辿られた睾丸《こうがん》の中心に触《ふ》れた。吸われた後で舌の上で遊ばれ、逃《に》げようと上がる腰を押さえ込まれて、ねっとりと会陰《えいん》まで辿られる。

「んっ……ぁ、ぅ……あっ」

「俺のも、してよ」

強請《ねだ》る声に、気づかぬうちに丸めていた背中を伸ばして、エリアスの欲望を口に含《ふく》む。しゃぶってる最中に、舐められながら穴を弄《いじ》られるのは堪らない。陰茎を頰張《ほおば》っている最中にも、くぐもった嬌声が漏れる。腰が揺れ始めると、ようやく指が引き抜《ぬ》かれた。

寂しく思う間もなく、尻を撫《な》でられる。「そろそろ入れさせて」と頼《たの》まれる。体を起こしたときに目があった。エリアスの美しい瞳《ひとみ》の色は、普段《ふだん》よりも濃くなっている。ぞくぞくしながら、咥《くわ》えていた欲望に手を添《そ》えた。後ろ向きのまま彼に跨り、自分で挿入《そうにゅう》しようとした。

「ふ、く」

だけど何故《なぜ》か今日に限って、上手《うま》くいかない。彼のが大きすぎるせいだけではなく、穴がきつく閉じていた。上手く入らないもどかしさで何度もそこに彼の先端を擦り付けると、エリアスは焦《じ》されていると思ったのか、「ハルキ。遊ぶなよ」と、低い声で言い、俺の腰を摑んだ。

「待て……、まだ……」

囁《ささや》くような声で告げたが、エリアスは気にせずに一気に貫《つらぬ》いた。途端《とたん》に、頭が真っ白になる。

「――っ、あ、ぁ、あっ」

自分が出したとは思えないほど高い声が漏れ、体の中心を割《さ》くようにそれが埋められる。

肉というよりも熱い鉄の塊《かたまり》を押し込められた気分で、思わず前屈《まえかが》みになったところを下から突《つ》き上げられて「やっ、あ」と、高い声が漏れる。

「えり、あ」

「かなり、きついな」

そんな感想に思わず背後の男を睨《にら》み付けたくなった。エリアスは動きづらかったのか、上体を起こすと、今度は俺の腰ではなく陰茎《いんけい》を手の中で軽く握《にぎ》りしめて、体を揺さ振ってきた。

「あ……っ、う、ぁ」

肉と肉が契合《けいごう》する。灼《や》かれるような痛みのなかに、見知った快感がある。

「ちゃんといいところに当たってる？」

声を出す代わりに何度か頷く。エリアスの長いそれがずりずりと体の内側を擦《す》る度に、どうにかなりそうだった。意識が飛びそうだ、と生まれて初めてそんなことを思った。普段はもっと余裕《よゆう》があるのに、今回ばかりは体が思うように動かない。貫かれる度にそれを締め付け、逃がすまいと震《ふる》えてしまう。苦しくて辛《つら》いのに、もっと灼けるような熱を感じたい。

どうやったら力を抜けるのか、急に分からなくなった。太腿が強張《こわば》り、足の指が反《そ》りかえる。

出口を求めるようにエリアスの腕に手をかけると、背後から抱《だ》きかかえられた。

「っ、……ん、ん」

「もっと冷静な感じかと思ってたよ」

「な、に？」

「あんたがベッドで乱れるタイプだとは思わなかった」

「普段は、違う」

「なら、俺が特別ってこと？　それはいいね。すごくいい」

深く強く突き上げられて、手の中に包まれた先端《せんたん》から、先走りが零《こぼ》れるのが分かった。もういきそうだと喘《あえ》ぎながら「エリアス」と名前を呼ぶと、背後から口を塞《ふさ》がれた。キスをしながら揺さ振られる。時々カチリと歯が当たって痛いが、彼は止める素振《そぶ》りはない。止めて欲しいとも思わなかった。ただ訳も分からないまま、楽しむ余裕もなく終わるのが、惜《お》しい。

「もう、いく……っ、」

唇が離《はな》れたときにそう告げると、エリアスが微《かす》かに笑う。年下相手に余裕がないのは情けなかったが、我慢《がまん》できそうにない。彼が達する前に達してしまうのが少し悔《くや》しい。

「もう少し楽しませてくれ。あんたの中は、想像以上に……いい」

「っ」

押し殺した声を耳元に吹《ふ》き込まれると同時に、胸の先を引っ張られる。

視線を落とせば、彼の白い指が赤く色付いた場所を執拗《しつよう》に弄っているのが見えた。膨《ふく》らみ、硬《かた》くなる。一番硬い場所を避《さ》けるように、その周囲を円を描《えが》くように指の腹で撫でられた。

そしてその手はゆっくりと下におりて、既《すで》に先走りに濡《ぬ》れた場所を縛《いまし》めるようにきつく締め付ける。その瞬間《しゅんかん》強い痛みを感じたが、そこは一向に萎えないどころか、より一層涙《なみだ》を零して血管を浮《う》き上がらせた。

「……嫌だ、ぁ、……エリ、アス……、手を」

その手が縛めるためではなく、快感を与《あた》えるために動いてくれたら、どんなに良いだろうと考える。張り詰《つ》めた物を掌で乱暴に扱《しご》いてくれたら、もしくはまた胸を弄ってくれたら、溜《た》まっているものを全《すべ》て吐き出すことが出来ると想像しただけで、陰茎はもっと苦しくなった。

解放されたいという欲求《よっきゅう》から無意識に、エリアスの指を引っ掻《か》いたせいで、彼が小さく呻《うめ》く。慌《あわ》てて手を放すと、エリアスは咎める代わりに音を立てて俺の頬《ほお》に唇を押し当てた。

「ハルキ、……我慢できるよな？」

子供を宥《なだ》めるような優《やさ》しい声を耳に吹き込みながらも、背後から強く突かれて腰《こし》が浮く。その分衝撃《しょうげき》が強くなり、埋《う》め込まれたエリアスの物を何度も強く締《し》め付けてしまう。

「俺ももう少しだ。もう少ししたら、あんたの中で」

先端で一番敏感《びんかん》な場所を擦《こす》られると、思わず背中が反りかえる。堪《たま》らない快感に肉穴がしゃぶるようにエリアスの物に吸い付き、震えた。肉と肉がぶつかる音の合間に「早く」と強請ると、彼の吐《と》息《いき》が低く掠れる。彼の限界が近いのだと分かり、焦燥《しょうそう》の中に安堵《あんど》を覚えた。

エリアスの手が望み通りの場所に這《は》わされて、知らぬ間に歯を立てていた唇を湿《しめ》らせる。恍《こう》惚《こつ》に備えて瞼《まぶた》を閉じると、腰に痛みを感じる。加減のない力で彼の手がそこを摑《つか》んでいた。きっと痕《あと》が残る。そのことに興奮してもう一度「いく」と呟《つぶや》き、今までより強く締め付けた。

「……っ、っ」

一瞬《いっしゅん》体が強張って、ふわりと浮遊感《ふゆうかん》を覚えた後でじわっと腹の底が熱くなった。痺《しび》れるような快感を宿していた陰茎から射精する。身震《みぶる》いしながら普段よりも多い量の精液を零す間も、エリアスは遠慮《えんりょ》無く突き上げてくる。焦《じ》らされた分、熟《う》れた粘膜《ねんまく》が感じすぎて辛かった。

「っ、あ、う、あ」

やめてほしいと告げる前に再びキスをされて、体の中を揺さ振《ぶ》られた。射精したばかりなのに、そのせいで簡単に二度目の絶頂に達してしまう。けれどそれは射精を伴《ともな》わない、肉穴の快感だ。

「ん――……っ、あ、は……っ」

そちらで達するのは初めてだった。穴が痙攣《けいれん》し、まるで壊《こわ》れたようにたらたらと先端から淫《いん》液《えき》が零れる。普段とは違《ちが》う快感に、腰ががくがくと震える。腰の発条《ばね》を利用した突き上げに、思考を全部奪《うば》われていくが、もう悔しいとは思わなかった。そんな余裕はどこにもない。

「凄《すご》いな」

先端がシーツに擦れて、自分がいつの間にか犬のような体勢で彼に犯《おか》されている事に気付く。だけど体勢を気にするゆとりはなく、快感に目が眩《くら》んで何も分からない。押し入って来る熱が心地《ここち》よくて、「もっと」と知らぬ間に呟いていた。それに煽《あお》られたように責め立てられる。ようやく彼の責めが止《や》んだのは、俺が精液とも先走りとも違う、粘度《ねんど》の薄《うす》い射精を終えた後だった。

「……っ、……ぁ」

エリアスは音を立てて俺の穴から自分の陰茎を抜くと、まだ開いたままのそこに先端を擦り付けて白濁《はくだく》を吐《は》き出した。どろりとしたそれが起伏《きふく》にそって、肌《はだ》を滑《すべ》るのを感じる。

「あ……ぁ」

抜き取られたが、まだ中にあるような気がした。ぼんやりしていると抱きしめられて、腕《うで》の中に再び閉じ込められた。近づいてくる目をぶれた視界でじっと見つめていると、唇《くちびる》を吸われる。音を立てて舌を絡《から》めていたが、段々瞼が落ちてくる。

「眠《ねむ》いなら寝《ね》て良い。少し物足りないけど」

エリアスの言葉を聞いた途端、ライトが消えるように眠りに落ちた。先程までの興奮や劣情《れつじょう》、肌を合わせる前の不安が全て昇華《しょうか》されて、心地よい疲労《ひろう》と快感の余韻《よいん》に満たされていた。

それに眠りの誘惑《ゆうわく》に抗《あらが》うには、彼の腕の中は温かすぎた。

子供じゃあるまいし、性的な関係を持っただけで簡単に相手への見方を変えたりはしない。睡眠薬《すいみんやく》代わりのセックスが、俺達の間に何かをもたらす訳ではなかった筈《はず》だ。少なくとも俺はそのつもりだったが、エリアスは目が覚めて開口一番に「もう一回やりたい」と求めてきた。

「馬鹿《ばか》なのか？」

物音で目を醒《さ》ましたとき、丁度エリアスは風呂《ふろ》から出てくるところだった。

デニムだけを身に着けた体は確かに美味《うま》そうだが、今は見惚《みと》れている場合じゃない。

「だってあんた、昨日一回で寝ちゃっただろ？」

お前にとっては一回だっただろうが俺は違った、と言い返すのは止めた。余計に分が悪くなる。

昨夜のことを思い出すと、居たたまれない。主に年上の矜持《きょうじ》や男としての面目《めんもく》が傷《いた》む。あれほど一方的に翻弄《ほんろう》される性行為《せいこうい》は、昨夜が初めてだった。受け入れた場所は太い彼の物のせいで熱を持ったように腫《は》れていたが、平静を装ってベッドから下りる。そのときに下着一枚身に着けていないことに気づく。それどころかキスマークまで付いている。

「おい」

どういうことだとエリアスを見ると、「それが消えるまでは、あんたの相手は俺限定で」と悪びれもしない。つまりそれは、毎晩相手をしろという事なのだろうか。エリアスがこの部屋に泊《と》まる以上、毎晩悪夢から逃《のが》れたいなら、相手は俺しかいないわけだが、まるで独占欲《どくせんよく》からのように聞こえる。自信過剰《かじょう》が感染《かんせん》したのかもしれない。

「……勝手に決めるな」

彼の剝《む》き出しの体は、服の上から想像した通り理想的だった。昨夜は見落としたが、細い窓から差し込んだ朝日に晒《さら》された上半身には、いくつか傷がある。肌が歪《いびつ》に凹《へこ》んだ部分は古い銃《じゅう》創《そう》だろう。その体を見ていたら、今更《いまさら》ながら彼が軍人だということを思い出す。

「したくなった？」

見つめていたせいかそう訊《き》かれて「昨日はどうかしてたんだ」と答えると、エリアスは気分を害した様子もなく「また、どうかすればいい。どうかしてる方が好みだ」と笑う。

このまま話していたら彼に押し切られてしまう気がした。寝室という場所がよくない。出来る限り、呆《あき》れた顔で溜め息を吐きだしてドアに手をかける。彼の視線が体を這うのを感じながら「風呂に入る。お前は適当に朝食でも食ってろ」と告げた。

浴室の扉《とびら》を閉じた時はほっとした。昨日の夜は予想外に良かった。今まで経験してきた行為が全て色褪《いろあ》せるほどの快感を思い出して、吐き出す溜め息さえ色を持って掠《かす》れる。

「流れでやるんじゃなかった」

後悔《こうかい》めいた台詞《せりふ》は、エリアスを調子付かせたことに対してが半分、残り半分はこんな快感を知ってしまったら、他《ほか》の連中としても今後物足りなく感じるだろうという自嘲《じちょう》故だった。

性欲《せいよく》に流された昨夜の自分を反省しながら、腫れを確かめるために昨夜散々蹂躙《じゅうりん》された場所に触《ふ》れる。じくりと痛みが走ると同時に、冷えた筈の熱が再び擡《もた》げそうになったそのとき「ハルキ」とドアの向こうから呼ばれてびくりと体が強張《こわば》った。

エリアスとの間には扉が二つある。一つは居間からサニタリィルームに続く扉だ。そしてもう一つはサニタリィルームと浴室を繋《つな》ぐ半透明《はんとうめい》の扉。だから俺の姿は見えていない筈だが、急に熱が上がった気がして、その場所からさっと指を離《はな》す。

「なんだ？」

扉の向こうに問い掛《か》けると「携帯《けいたい》が鳴ってるみたいだけど、どうする？　代わりにでるか持って来ようか？」と、エリアスが尋《たず》ねてくる。浴室内の温度調節パネルの液晶《えきしょう》の端《はじ》に表示される時刻を見たが、まだ早朝と呼べる時間帯だ。こんな時間に鳴るのは緊急《きんきゅう》の可能性が高い。

「すぐに上がるから放《ほう》っておいていい」

「分かった」

彼が離れていく足音に安堵して、急いでシャワーを終えた。乾燥機能《かんそうきのう》付きの洗濯機《せんたくき》の中から下着を取り出し、ハンガーに掛かっているクリーニングから上がってきた服の一つに袖《そで》を通す。

ジャケットまで着た状態でバスルームを出ると、冷蔵庫で食い物を物色していたエリアスは残念そうな顔で、俺の爪先《つまさき》から頭の先まで視線を往復させた。

「何か文句でも？」

「露出《ろしゅつ》が少ない」

不満げな男に「いい加減、頭を切り換《か》えろ」と告げて、着信を確認《かくにん》する。エリアスが昨日と同じシャツを着るのを横目で眺め、将軍もカードを返してやればいいのにと思った。

しかしこの男の場合、金を手に入れたら偽造《ぎぞう》パスポートを入手して高飛びしそうだ。行動を制限するには金を縛《しば》るしかないと考えたのなら、彼はエリアスのことをよく分かっている。

「外務省の役人からだな」

着信履歴《りれき》から折り返すと、すぐに繋がった。

『朝早くから申し訳ない、先日の事件について海軍犯罪捜査《そうさ》局より情報が届きまして』

「はい」

『十時間前に同盟国にて一般人《いっぱん》が狙撃《そげき》されたのですが、どうもそのときの銃《じゅう》と同じ銃が使用されたようです。犯人は逃亡《とうぼう》する際に警察によって射殺されたとのことです』

そんなわけがない。犯人は昨日、俺達を狙撃したんだ、と既《すん》のところで口にしそうになる。言わなかったのは、エリアスに今聞いた事実を告げてからの方が良いと判断したからだ。

「その一般人と犯人の名前は分かりますか？」

外務省の役人は被害者《ひがいしゃ》の名前を告げた後で「そのうち日本のニュースでもやるかもしれません。既《すで》に同盟国ではニュースになっています。犯人の身元は特定できていませんが、同盟国の人間のようです」と続ける。

「そうですか。わざわざありがとうございます」

外務省の役人に礼を言って通話を切り、話の内容を興味深そうに見守っていたエリアスに、掻い摘《つま》んで説明する。エリアスは驚《おどろ》いた様子もなく、

「その一般人は、レイクサイドの生き残りの資産家と同姓同名《どうせい》だな」

「でも、狙撃犯は日本にいた。俺達を狙撃してすぐに同盟国に飛んでも、間に合わない」

「犯人が二人で、銃が二丁あるならおかしい話じゃない。狙撃犯はプロだ。プロの狙撃は、観測手と狙撃手の二人一組で行うのが基本だ。長期戦の場合は役割が交互《こうご》になる。海軍同士は仲

間意識が強いってハルキも言ってただろ？　でも狙撃手と観測手の方が遥かに結びつきは強い。何せお互《たが》い命を預けてるからな」

　ラタストクで死んだという観測手の話を思い出し、「そんなに結びつきは強いのか？」と尋ねる。エリアスは軽く肩《かた》を竦《すく》めると「俺はあいつが生き返るならなんだってするね。パートナーっていうのは、そういう関係だ」と答えたが、彼が飄々《ひょうひょう》とした表情だからなのか、それとも自分がそこまで思える同僚《どうりょう》に出会わなかったからなのか、あまり現実味がなかった。

　それよりも、この男にそこまで思われている相手に少し羨望《せんぼう》を覚える。一晩寝ただけの相手に独占欲を感じている自分に、呆れながら話を元《もと》に戻す。

「パートナーのどちらかが一般人を殺して、もう片方が俺達を狙《ねら》ったってことか？　でも犯人が同盟国の軍人ならとっくに特定できてるはずだ」

「身内の恥《はじ》を軍が晒すかどうか。うちもそっちも隠蔽《いんぺい》体質だろ。身元が特定できてない事にした方が、楽なんじゃないかな。何にせよ、犯人にとって殺すべき相手はもう一人いる」

　頑《かたく》ななエリアスを説得するための言葉を探していると、再び携帯が音を立てる。相手が俺の上役なのを確認して、通話に切り替《か》えた。

　特殊《とくしゅ》犯罪対策課の課長だ。全《すべ》てのキャリアを目の敵《かたき》にしている課長は、俺が降格して彼の下に配属されたときには、まるで欲しがっていたプレゼントを貰《もら》ったように喜んでいた。

『朝早く悪いね。先程《さきほど》、海軍犯罪捜査局から君が抱《かか》えている事件の犯人に関する情報が来てね』

「被害者共々犯人が射殺されたと伺《うかが》ってます」

課長は「なんだ知ってたのか。その件で今日朝一で会議をやるから、遅《おく》れずに来るようにと部長からのお達しだ」と少し鼻白んだ様子で、つまらなさそうに口にした。

一度も遅刻《ちこく》をしたことがないのに、再度「遅れないように」と念を押してから、電話は切れる。エリアスは俺が通話内容を説明する前から、「捜査は終了《しゅうりょう》するかもな」と呟《つぶや》いた。

「……狙撃犯は二人いるんだろう？　一人が捕《つか》まっても、まだもう一人残ってる」

「みんなはそう思ってない」

「昨日俺達は狙撃されたんだぞ？」

「それは俺達しか知らない。それに狙撃されたなんて言えば、捜査員が増えて大規模な捜査になる。そしたら狙撃犯は半年ぐらい余裕《よゆう》で雲隠《くもがく》れするぞ。犯行の間隔《かんかく》を見れば分かるだろ？」

「……だからといって、俺達二人に何ができる？」

エリアスが二人きりの捜査を続けたがることに、意味を見いだせずに尋ね返す。

「俺を信用しろよ。俺はやられた分は必ずやり返す。それに犯人は捕まったと周りが思って油断している方が、捕まえやすい。でも対象が狙撃されたってなると、昨日の俺達への狙撃は警告じゃなくて挑発《ちょうはつ》かもな。折角《せっかく》のアリバイ工作を崩《くず》すような真似《まね》をわざとしたんだから。もしくは俺に伝えたいことがあったとか」

エリアスの口振《くちぶ》りに含《ふく》みがあるのを感じ取って、「犯人の目星がついてるなら言えよ」と促《うなが》すと、彼は「まだ確定じゃない」と珍《めずら》しく慎重《しんちょう》に前置きしてから「幽霊《ゆうれい》」と答える。

「ふざけてるのか？」

思わず睨《にら》み付けると「ふざけてない。俺がハッピーなら、そいつはゴーストだ」と補足する。

「有名な狙撃手なのか？」

「音もなく殺す。相手は狙撃されたことにしばらく気付かなかったなんて逸話《いつわ》があるよ」

日本刀にも確かそんな逸話があった。殺されたことに当人がしばらく気付かないなんて、話としては面白《おもしろ》いが現実味に欠ける。

「そいつがお前に何を伝えたいんだ？」

「製造過程で砂糖をぶち込んだ炭酸は体に悪いってこととか。もしくは〝勝てないんだから、引き下がれ〟ってことかな。俺は二回、幽霊には負けてるしな。でも、前回は追われる側だったけど、今回は違《ちが》う。ようやく過去の分も返せる」

「同盟国の狙撃手同士では戦わないだろ。勝ち負けなんかあるのか？」

「射撃《しゃげき》大会で俺の優勝を阻《はば》んだのは幽霊だ。そのときも、持っていたボトルに穴を開けられた。もし今回の相手もゴーストなら厄介《やっかい》だ。向こうは勲章《くんしょう》も何度か授与されてるし、世間的な評価は俺よりもずっと上だからな」

「お前が世間的に、評価されてないのはその態度のせいだろ」

「酷《ひど》いな。俺が評価されないのは、公表できない種類の仕事が多いからだ。軍のデータベースで俺の経歴を見ても、殆《ほとん》ど書かれてない。上層部用のＩＤで見れば別だろうけど」

「まぁいい、それよりも犯人が分かってるなら、海軍犯罪捜査局に伝えるべきだ」

「犯人が逮捕《たいほ》されても、しばらくは捜査を続けられるだろう？　その程度の権限もないのか？　真犯人を捕まえたいんだろう？」

確かに俺の目的はこの捜査で成果を上げることだ。上層部が「終了」と判断した事件に関して、もし俺が一石を投じることで次の犯罪を未然に防げれば、株は上がる。真犯人逮捕に繋がれば、被害者女性の祖父の覚えも目出度《めでた》くなる。政治家の機嫌《きげん》が取れれば、警察庁内での風当たりも和《やわ》らぐはずだ。しかしそんな風に打算的に考えていると、エリアスは肝心《かんじん》なことを付け足した。

「それに言っても無駄《むだ》だ。ゴーストはレイクサイド作戦で死んでる。殉職者《じゅんしょくしゃ》名簿《めいぼ》にも名前が載《の》ってるよ。一時期、軍じゃゴーストが幽霊になったって噂《うわさ》でもちきりだった」

「それならどうして、お前は狙撃犯がゴーストだと思うんだ？」

「勘《かん》だよ。それに〝死んだことになってる〟人間には、何度か会ったことがあるしな」

勘、という台詞《せりふ》に脱力《だつりょく》する。折角真面目《まじめ》にこの男の話を聞いていたのに、肝心の根拠《こんきょ》がそれでは、俺としても彼の意見を全面的に支持するわけにはいかない。万が一捜査の終了が通達された際に、エリアスに助言を求めるのは止《や》めた方が良さそうだ。

「でも、俺が何と主張しようと、軍はゴーストが死亡したと判断してるから、どうせ誰《だれ》も信じない。それどころか、また俺はカウンセリングに回されるかもな」

エリアスもその辺りは分かっているらしい。

「カウンセリングを受けてたのか？」

「軍法会議の後で週に一度、無期限の面談を課せられた。優秀《ゆうしゅう》な狙撃手には心を病《や》む奴《やつ》が多いんだ。それで俺も早々にも、カウンセラーの元に回された」

「もしかしてそれでウクレレか？」

「最初は違った。心理状態を判断するために家を描《えが》けっていうから、一緒《いっしょ》に三匹《びき》の豚《ぶた》と狼《おおかみ》を描いたらヒステリックに喚《わめ》かれたよ。あの医者の方がカウンセリングが必要だと思うね。でもそのお陰《かげ》で最近は専《もっぱ》ら音楽セラピーだ。楽しくやってる」

それが最初の一発目ではなく、恐《おそ》らく絵を見て溜《た》まりに溜まった物が爆発《ばくはつ》したのだろうなと、人をからかうことを生き甲斐《がい》にしているエリアスを見て、会ったこともない医者に同情する。

「つまり、あんたは狙撃されたことを言わずに、幽霊の話題も出さずに捜査を引き延ばす必要がある。少なくとも俺が、犯人にやり返すまでは」

エリアスはそう言うと「心細いなら捜査《そうさ》会議の間、横で手を握《にぎ》っててやろうか？」と笑った。


警察庁にエリアスを連れて行くのは気が進まなかったが、一人で放《ほう》っておけば裏ルートで狙《そ》撃銃《げきじゅう》を手に入れそうだったし、一応は谷原からも彼を伴《ともな》うようにと指示が出ていた。

部屋には俺達の他《ほか》には課長と部長、それから外務省から担当の役人とその部下が一人集まっていた。白い壁《かべ》の会議室には口の形に長机が並べられていた。場を仕切るのは谷原だが、横には彼より肩書《かたが》きが一つ上の警備局外事部の局長が座っている。会議は朝一で警視庁でも行われたが、改めて警察庁に出向いて外務省の役人参加の下で、今回の捜査状況《そうさじょうきょう》の確認《かくにん》が行われるはめになった。

エリアスは警視庁に赴《おもむ》くと分かっても、デニムからスーツに穿《は》き替えたりはしなかった。相変わらず場違《ばち》いだが、外務省の役人は彼がアロハ姿でもサンダル姿でもないことにほっとしているようだ。確かに真剣《しんけん》な場にリゾート地の格好をした人間がいると、真面目《まじめ》に話しあっている自分たちが馬鹿《ばか》みたいに見える。

会議が始まると、谷原は一通り同盟国での狙撃《そげき》事件を解説した後で、俺達を労《ねぎら》った。

「先方の捜査局からも、この件に関して感謝の言葉が届いている。被疑者《ひぎしゃ》死亡なのは残念だが、これで被害者の身内も浮《う》かばれる」

翻訳《ほんやく》すると「被疑者が死んでいて楽だ。後は書類を作って、被害者の身内を黙《だま》らせれば終わりだ」となる。この異例の捜査からようやく解放されると、課長がほっと息を吐《つ》く。何かあったときに責任を取るのは俺だが、外交関係が悪化した際には俺の上役ということで、彼らに累《るい》が及《およ》ばないとも限らない。足を引っ張られる可能性のある事柄《ことがら》は、少しでも減らしたいだろう。

「すみませんが、もう少し捜査を進めたいのですが」

だから俺がそう提案すると、二人は何を馬鹿なという顔で揃《そろ》ってこちらを見た。

「これ以上何か調べることがあるのか？」

「被害者《ひがいしゃ》同士の接点です。日本人女性と、ホテルで殺害された軍人の」

「彼らはあのときが初対面で、何の関係もないだろう？」

「しかしホテルは随分《ずいぶん》前から予約されていました。日本人被害者が犯人に協力していたとしか思えません。その際に、一体彼女と犯人の間にどんな接点があったのか、そのあたりを解明しないことには、被害者の身内は浮かばれないでしょう」

「軍人が偽名で定期的に同じホテルを利用していたという可能性もあるだろう。犯人がそれを何らかの方法で知っていたのなら、女性は関係ない。そもそも日本人女性と射殺された狙撃手に、何の関係があると言うんだ。まさか殺人の共犯者だなんて言いがかりをつけるつもりじゃないだろうな」

課長はそう言うとただでさえ厳《いか》つい顔を更《さら》に歪《ゆが》めた。そもそも日本人女性の祖父からの依頼《いらい》で捜査しているのだから、その名誉《めいよ》を傷つけるような事がこれ以上出てくれば、そちら方面からも打ち切りの圧力をかけられかねない。勿論《もちろん》、誰かに責任を取らせた上でだ。藪《やぶ》をつつけば蛇《へび》が出る。その蛇が大蛇《だいじゃ》だと分かっているのだから、容易に踏《ふ》み込むわけにはいかないだろう。

「その通りだ。これ以上の捜査は誰にとっても必要じゃない。いいな、宇田川」

谷原は優《やさ》しげに微笑《ほほえ》んだ。彼は昔から、笑うときほど腹の中では黒いことを考えている。

局長はその横に座り、濁《にご》った目を俺に向けた。彼にとって逆らう者は全《すべ》て、価値のない者となる。これ以上、彼らを説得できる材料を見付けられずにいると、それまで黙っていたエリアスが「私からも意見を言わせて貰《もら》ってよろしいですか？」と、口にする。

すると全員が、そろってエリアスに目を向けた。視線が自分に集中すると、エリアスは外務省の役人の横にいた彼の部下にだけ、にこりと微笑みかける。彼女は今日が初対面なので、まだエリアスの奇行《きこう》をそれほど目にしていないからか、ぽっと頰《ほお》を赤くした。

確かに外見だけは極上《ごくじょう》だ。今日はウクレレもないので、彼女の気持ちは分かる。

「海軍犯罪捜査局が何と言っているか知りませんが、この件には厨子基地も特別な関心を抱《いだ》いています。是非《ぜひ》とも疑問点が残らない詳細《しょうさい》なレポートを提出して頂きたい。もし犯人に仲間がいたら、他の軍人やその家族が再び狙《ねら》われる可能性もある」

エリアスがそう言い切ると、並んだ面々は苦い顔をしていた。勿論彼らはレイクサイドのことを知らないのだから、犯人の動機に関しては捜査は全く進展していないと考えている。俺も捜査報告書にその旨《むね》は記載《きさい》していない。情報源を明かせないのだから、記載できるはずもない。

「これは基地の責任者であり、在日軍統括《とうかつ》司令官であるブラッド将軍の望みでもあります。私はこのために2000マイルの距離《きょり》を越《こ》えて来ました。進行中のプロジェクトを放り出して。海軍犯罪捜査局とさほど差違《さい》のないレポートを提出するなら、私がここに来た意味がない」

プロジェクトがウクレレ学習だということは、言わない方が良さそうだと思いながら、有無《うむ》を言わせない口調で、この場にいる人間を威圧《いあつ》するエリアスを見つめる。

「今後、何かが起こった際に厨子基地が捜査協力に応じるかどうかは、今回の対応によって判断させて頂く」

エリアスは駄目《だめ》押しをして、デニム姿にしては説得力のあるはったりを終える。

谷原は相変わらず薄《うす》ら笑いを浮かべたままだが、その目は真《ま》っ直《す》ぐにエリアスを見ていた。

「それが厨子基地の意向なら、こちらは望みに応《こた》えましょう。ただいつまでも終わった事件に関《かか》わるわけにはいきません。あと一週間捜査を続けて報告書を作成しますが、その時点で疑問が残るとしても、捜査は終了《しゅうりょう》させて頂きます」

「捜査を終了させるのはそちらの自由です。内容に満足するかどうかは、こちらの自由だ。ただその結果が今度の捜査協力に影響《えいきょう》するということは、忘れないで頂きたい」

エリアスは谷原の台詞に対して、承諾《しょうだく》も拒否《きょひ》もせずに自分の意思を伝える。

谷原は微笑んだままだったが、彼が苛立《いらだ》っているのは分かった。同様に警視庁の人間もだ。局長はこの件には干渉《かんしょう》しないと決めたのか、話が纏《まと》まると外務省の役人に声をかけて、すぐに退室した。それを見て俺達も退室したが、俺だけが谷原に「話がある」と呼ばれる。

「私達もハッピーさんに話が」

外務省の役人がエリアスに声をかけたので、谷原は出てきたばかりの部屋を彼らに貸し、課長と部長を労って別れを告げる。ついでに通りかかった部下の一人に、役人が部屋から出たら外まで案内するように命じて、俺を三つ離《はな》れた会議室に連れこんだ。

「話というのは何ですか？」

「さっきのあれはなんだ？」

苛立ちを隠《かく》さない男に「捜査の延長を頼《たの》んだ件ですか？　それともエリアスのことですか？」と尋《たず》ねる。尤《もっと》も、谷原が何もかも気に入らないというのは、答えを聞かずとも分かった。

「両方だ」

谷原は優《すぐ》れた警官で、常に穏《おだ》やかな印象を与《あた》えるが、それはあくまで外面《そとづら》だ。彼の直属になれば、頻繁《ひんぱん》に癇癪《かんしゃく》を起こす様が見られる。直接暴力を奮われたことは数える程《ほど》しかないが、彼が怒《いか》りにまかせて物を破壊《はかい》する様は何度も見てきた。しかし流石《さすが》に官庁内では理性が働くのか、今は会議室に並んでいたテーブルを叩《たた》くだけに止《とど》めている。それでも随分大きな音がした。

「捜査の延長は正当な理由があります。私も事前に先程のエリアスのスピーチを受けていました。これで厨子基地との関係が悪化するのは、外事にとって良い事態とは言い難《がた》いので」

外事は外国人の犯罪が管轄《かんかつ》だ。勿論その中には基地所属の軍人の犯罪も含《ふく》まれる。

外事の扱《あつか》う事件は簡単なものと複雑なものの二種類に分かれる。例えば密入国者の犯罪だ。どこに気兼《きが》ねすることもなく、見付け次第《しだい》入管に渡《わた》して強制送還《そうかん》にできる簡単なものだ。問題なのは同盟国の人間が絡《から》む犯罪だ。相手が何の後ろ盾《だて》もない人間なら構わないが、あると面倒《めんどう》だ。

特に、犯罪に関わっているのが同盟国の軍人であれば、外交関係から扱いは慎重《しんちょう》にならざるをえない。

「お前が上手《うま》く向こうの不満を抑《おさ》え込めばいいだけだろう」

捜査を延長することで、課長や部長に累が及ぶ可能性はあるが、谷原には何のデメリットもない筈《はず》だ。激昂《げっこう》しているのは、年下に簡単にやりこめられたのが面白《おもしろ》くないからだろう。

「エリアスを丸め込むのは俺には無理ですよ。あなただって無理だったでしょう?」

そう言った瞬間《しゅんかん》、谷原に平手で頬を叩かれる。甘んじてそれを受け入れたのは、避《さ》ければさらに激昂させるのが経験上分かっていたからだ。どうせ打たれるなら、拳《こぶし》より平手の方が良い。人目に付くような場所を選んだのは、それだけ彼に余裕《よゆう》がないからだろう。

じんとした痛みは大したことない。それでも頬が赤くなっているのは確認せずとも分かった。

「あんな事件を起こしたお前を、使ってやってるんだぞ？　なのにそんな口を利《き》くのか？」

感謝しろという言い草だが、庇《かば》ってもらったわけではない。今回もチャンスを与えられたのではなく、面倒な仕事を押し付けられただけだ。

しかし谷原の機嫌《きげん》を取るために、今までだったら黙って頭を下げていただろう。出世が大事だったからだ。谷原は自分に逆らわない人間を優遇《ゆうぐう》する。反対に意に沿わない人間には、汚《よご》れ役を押し付けて切り捨てる。そんな彼のやり方を嫌悪《けんお》しながらも、仕方がないと割り切っていた。だけど、急に全てが馬鹿馬鹿《ばかばか》しくなって、弁解も謝罪も口にする気がなくなった。

そんな俺に谷原は舌打ちをする。

「今夜までに頭を冷やせ。十二時に行くから、ホテルを予約しておけ」

最近は谷原が俺に飽《あ》いたのか、二月《ふたつき》に一度程度しか求められることはなかったので、意外な要求だった。普段《ふだん》だったら断らなかっただろうが、今日はどうしても従う気は起きなかった。

いつものように、オフィス街にある人目に付かない地味なビジネスホテルを偽名《ぎめい》で予約し、メールでホテルの名前と部屋番号を告げると想像したら、嫌気《いやけ》がさした。

手順はいつも決まっている。十二時に部屋を訪《おとず》れた谷原が、自分はシャワーも浴びない癖《くせ》に俺が綺麗《きれい》にしたかどうかを確認する。それから谷原のプライドと性欲《せいよく》が満足するやり方で事を終えたら、俺は念入りに体を洗って染《し》みついた気がするヤニと、性の匂《にお》いを洗い落とす。だけどどんなに洗い落としても、エリアスに会ったら見破られる気がした。勿論彼に遠慮《えんりょ》しているわけじゃない。けれど仕事のために寝《ね》てると知られたら、軽蔑《けいべつ》されそうだ。

「すみませんが、仕事が忙《いそが》しいので。何せ、一週間しか猶予《ゆうよ》を貰えませんでしたから」

断る理由は仕事ぐらいしか思いつかなかった。しかし今まで断ったことがない俺が拒否したことで、谷原の怒りはますます膨《ふく》らんだようだった。

「そうか――あいつと寝たんだな?」

妙《みょう》に落ち着いた声に視線を上げると、二発目が頬に飛ぶ。

「っ」

不意打ちだったので、口の中を切った。舌先に感じた血の味に、視線が歪むと「自分の立場を忘れるな」と釘《くぎ》を刺《さ》される。わざわざ教えてもらわなくても分かっている。それでも良いと思った瞬間に自嘲《じちょう》的な笑《え》みが浮《う》かぶ。今まで従順なふりをしてきたのが、一遍《いっぺん》に台無しになると分かっていたが、止められなかった。

「もし私が彼と寝ていたとして、あなたに一体なんの関係があるんです」

吐《は》き出した瞬間にすっと背筋が冷える。相手はただの好色な親父《おやじ》じゃない。権力を持って俺を潰《つぶ》すことができる立場の人間だ。今までの我慢《がまん》をふいにするなんて、内心自問しながらも妙に興奮した気持ちのまま「自分の立場はよく分かっています」と告げる。

顔を上げてそう言い切ると、谷原は憐《あわ》れむような目をして見せる。本格的に俺を切り捨てる覚悟《かくご》が、彼の中で決まったのだろう。自尊心を傷つけられた彼が、俺を放《ほう》っておくとは思えない。けれど今さら媚《こ》びるつもりも前言を撤回《てっかい》する気にもなれずに、背を向けてドアノブに手を掛《か》ける。鍵《かぎ》のかかっていなかったドアは、あっさりと開く。

いずれ後悔《こうかい》する日が来るだろうと思いながら廊下《ろうか》に足を踏み出したとき、俺を待っていたエリアスと視線が合う。

するとエリアスは俺の顔を見て僅《わず》かに眉根《まゆね》を寄せると、自然な動作で室内に入ってきた。

「エリアス？」

彼が何をするつもりか分からずに名前を呼ぶ。するとエリアスは「叩いたのか？」と、俺ではなく谷原に直接尋ねた。あまり人に聞かれたい話じゃないと、慌《あわ》てて開いたドアを閉める。

「ハルキを殴《なぐ》ったのか？」

何も答えない相手にエリアスが質問を重ねる。谷原はやはり自分の予想は当たっていたという顔で俺達の間で視線を動かすと、馬鹿にするように「それが？」と口にする。

「何故《なぜ》殴る必要があったんだ？」

傍《そば》で聞いていて、何故彼が谷原を詰問《きつもん》するのか訳が分からなかった。もしかしたら多少は仲間意識は持ってくれていて、俺のために怒《おこ》っているのかもしれない。けれどそんなのはエリアスらしくない。こいつは自分が痛めつけられているときですら、飄々《ひょうひょう》とした態度を崩《くず》さない。

「お前には言う必要はない。それにこれは俺の部下だから、何をしても許される。こいつは決して外には言わないだろうしな。首を突《つ》っ込んでくるな」

谷原がそう言うと、エリアスは俺を見た。ここで彼が介入《かいにゅう》してもどうにもならない。味方として怒ってくれるのは嬉《うれ》しいが、谷原が言うとおりこれは俺と彼の問題だ。巻き込む気はない。だからできるだけ穏便《おんびん》にこの場をまとめようと、「ちょっとした行き違《ちが》いだから気にしなくて良い。大したことない」と口にした。

するとエリアスは「そうか、ハルキが言うなら」と納得《なっとく》した後で、谷原に手を差し出す。乱暴に話をしたことや、無遠慮《ぶえんりょ》に容喙《ようかい》したことへの詫《わ》びのつもりなのかもしれない。谷原もこれ以上俺達の関係を第三者に説明したくなかったのか、それとも俺達をさっさと追い出したかったのか、ぎこちない笑みを浮かべて握手《あくしゅ》に応じた。

「っぐ」

けれどその瞬間、谷原が差し出した左手を摑《つか》むと、エリアスは差し出した方の手で素早《すばや》く相手の鳩尾《みぞおち》を殴りつけた。不意打ちに思わず声をあげ、途端《とたん》蹲《うずくま》る谷原を見下ろして、エリアスは俺を振《ふ》り返る。

「何発殴られた？」

エリアスはまだ摑んだままの谷原の手を放していない。俺の返事如何《いかん》ではまだ止《や》める気はないらしいと分かり、「エリアス」と咎《とが》めるように名前を呼ぶ。

谷原が信じられないという目でこちらを見上げるのが分かる。同情したわけじゃないが、思わず「もう充分《じゅうぶん》だ」と告げると、エリアスは摑んでいた手を放した。

どの程度強く殴られたのかは分からないが、谷原は蹲ったまま立ち上がらない。キャリアで

ある彼には、こういった経験はほとんど無い。他人に暴力で屈服《くっぷく》させられた記憶《きおく》なんて、持っていないだろう。

「よくも……こんなことが」

憎《にく》しみと混乱が混ざった声で谷原がそういうと、エリアスは「どうせ外には言えないだろう」と、先程の台詞《せりふ》を踏襲《とうしゅう》するように返す。そして俺に視線を向けてから「あんたの男の趣味《しゅみ》って最悪だな。これと寝るぐらいなら俺は豚《ぶた》と寝るね」と、尚《なお》も谷原を馬鹿にする。

谷原が俺とエリアスの関係を見破ったように、エリアスも俺と谷原の関係を見破った。知られたくなかった事実だが、誤魔化《ごまか》すつもりはなかった。

すると谷原が恨《うら》みの籠《こ》もった目で睨《にら》みつけてきたが、エリアスは気にした素振《そぶ》りもなく「ハルキに何かしたら、その分俺があんたに返す。分かるな？」と念を押す。

「お前に何ができるんだ？　他国の軍人が思い上がるな」

エリアスは所詮《しょせん》は違う国の機関の人間だ。勿論《もちろん》、外事にいる以上外交関係は大事だ。他国と円滑《えんかつ》な協力関係を築く技術は求められるが、だからといってエリアスの意向一つで谷原の地位が揺《ゆ》らぐことはない。あくまでも谷原が気にするのは外務省と彼の上役の意向だ。

しかし、それに対するエリアスの返答は簡潔だった。

「2㎞以内は射程圏内《けんない》だ」

谷原は何も言い返さずに、青ざめた。今回の事件の被害者《ひがいしゃ》の死に様を思い返したのかもしれない。社会的な攻防《こうぼう》は得意でも、物理的な攻防に関しては慣れていないのだから、プロの狙撃《そげき》手に命を狙《ねら》われる可能性は避けたい筈だ。長距離狙撃《ちょうきょりそげき》の犯人特定がどれほど困難かは、今回の事件で身に染みているので、余計だろう。

エリアスは彼がそれ以上反論しないのを見て、満足したようにドアを開ける。

その後に付いて部屋を出たら、今後出世は望めないということは分かっていたが、どこか晴れ晴れとした気分で廊下に出る。

無言のままエレベータに乗ってから、エリアスが「悪かった」と言ってきた。

「何が？」

「あんたの立場を考えなかったこと。俺の問題じゃないのに手を出した。だから悪かった。でもまたあんたがあいつに殴られたら、俺は同じ事をする。だから、次は殴られるなよ」

そう言った後でエリアスは「あれの何がいいんだ」と、理解できない態《てい》で独り言を口にする。

「お前と知り合う前だったからな」

冗談《じょうだん》めかして弁解すると、意外そうにエリアスがこちらを見たから「謝る必要はない。むしろ感謝してる。それに俺の立場はどうとでもなる」と、虚勢《きょせい》を張る。元々あのドアを開けた瞬間から、覚悟は決めていた。警察庁に戻《もど》れないだけでなく、この件が終われば警視庁にも居られなくなるだろうな、とは分かっていたが不思議なほどに不安や後悔はない。むしろ澱《おり》が全《すべ》て浚《さら》われた気分で「ところで本当に２㎞の射撃《しゃげき》は可能なのか？」と尋《たず》ねる。

「建物のない平原で高性能の銃《じゅう》を使えばできるけど、正直本当にさっきの男を撃《う》てるかどうかは分からない。人は、もうずっと撃ってないんだ」

「それでも軍を辞《や》めないのか？」

「辞められない。辞めるには色々な秘密を知りすぎてる。放逐《ほうちく》するより、使い物にならなくても手元に置いておく方が上は安全だと考えてるしね。それにまた俺が元通りになるってブラッドは信じている。俺は信じられないけど。――でもハルキが望むならやってみてもいい」

「……まさか。自分の問題は自分で処理できる」

望めば本当にエリアスはやりかねないと思った。同時に、もしもやらせて成功したら、こいつの悪夢がもっと酷《ひど》くなる気がした。

「そうか。報酬《ほうしゅう》を体で払《はら》って貰《もら》おうと思ったのに。最近ボンデージに興味があって、あんたなら似合いそうだから、残念だ」

「悪いけど俺は縛《しば》られるより縛る方に興奮するんだ。それに縛られるのはお前の方が得意だろ？」

この会話を冗談で終わらせようとしているエリアスの意向に乗って、そう口にする。けれど実際にこの男が縛られている様を想像すると、少なからず興奮した。

「仮にそうでも、拷問《ごうもん》耐久訓練《たいきゅう》で縛られるのも痛めつけられるのも、一生分やって飽《あ》きたよ」

「面白《おもしろ》そうだな。もし警察をクビになったら、その訓練官に志願させてもらおう」

「アドバイザーとして忠告するけど、やられる方を経験しないとやる方には回れないからな」

飄々としていながら、意外と繊細《せんさい》な男から視線を逸《そ》らしたときに、丁度エレベータの扉《とびら》が開く。スーツ姿の連中と逆方向に歩くエリアスは対照的だった。その格好からしてもそうだ。

私服の上に派手な容姿なので、注意を引いていた。

こちらを見る視線の一対《いっつい》が、元部下のものだったので、つい悪戯《いたずら》心が疼《うず》いてそいつの横を通りすぎるときに「そうなったら鬱憤《うっぷん》は、さっきみたいに谷原を殴ることで晴らせばいい。あの人はそういうのが好きだからな。むしろ喜ぶ。官僚《かんりょう》にはマゾが多いんだ」と、日本語で口にする。

ぎょっとした顔で俺達を見る元部下を視界の端《はじ》に捉《とら》えて、外に出る。

元部下は噂《うわさ》好きのようだから、そのうち尾鰭《おひれ》が付いて今の話が広まるだろう。

エリアスが俺の日本語の内容を気にしていたから、簡単に説明すると「あんた性格悪いな」と笑った。それに釣《つ》られて笑《え》みが零《こぼ》れる。

「二発目の分だ。一発目はお前が返してくれたからな」

「あんたの仕返しの方が効きそうだな。あんたのことは敵に回さないようにするよ」

庁舎を出ると、いつの間にか雨が降っていた。タクシーを停《と》めても良かったが、いつ通るか分からない車を待つよりも、地下鉄の構内に入る方が早かったので、そちらに向かう。

階段を下りながらふとエリアスに「外務省の人間と何を話したんだ？」と問いかけた。

「さっきの発言が本当にブラッド将軍の意向なのかと確認《かくにん》された。だから〝狙撃手は密命を受けて行動することが多い。本来の目的を隠《かく》すためにアロハやウクレレで相手や仲間を油断させることもある〟って言っておいた。信じたかどうかは分からないけどな」

確かに海兵隊の狙撃手が趣味のウクレレを手に会合に現れたと考えるよりも、油断させるためにウクレレを持っていたと言われた方がまだ納得できそうな気がした。

そんな風にエリアスの釈明《しゃくめい》を考察していると「ところで日本語の質問がある」と言われた。

「何が知りたい？」

「モットの意味だ」

そう訊《き》かれて、先程《さきほど》の会談にその単語が出てきたかどうか考えたが、もしかしたら俺が立ち会わなかった役人との会話で出てきたのかもしれない。

「説明が難しいが〝更《さら》に欲しい〟とか〝今より多く〟というときに使う副詞だな」

エリアスは納得したように頷《うなず》いた後で「じゃあ、イクは？」と訊いてくる。

「イク？　ああ、それは動詞だ。〝出かける〟とか……」

解説しようとして、昨夜のことが頭をよぎる。もっと限定するなら、昨夜ベッドの上で乱れていたときのことが。そのせいでエリアスのために、券売機の方に歩いていた足が止まった。

打たれていない方の頬《ほお》まで赤面すると「とか？」とにやにやした顔で先を促《うなが》される。

恐《おそ》らく、答えに推測がついているのだろう。

「お前、もしかして日本語ができるんじゃないのか？」

「俺ができるのは英語とスウェーデン語とノルウェー語、あと片言のラタストク語だけだ」

いまいち信用できずに睨むと「でもそのうち日本語も堪能《たんのう》になると思うな。あんた、感じ始めると日本語しかしゃべらなくなるし」と、俺も知らなかった俺の秘密を打ち明けた。

「調子に乗るな」

エリアスに釘《くぎ》を刺《さ》したのは、カラオケボックスで彼が隣《となり》に座ろうとしたときだった。結局は向かいに腰《こし》を下ろした男を睨むと、怒《おこ》られる理由が分からないという顔で、メニュー表を開く。

ここで情報員の女性と会う約束をしていたが、約束の時間になっても現れない彼女に焦《じ》れるでもなく、エリアスはメニュー表の写真を見ていた。最終的に彼は、パスタと唐揚《からあ》げとピザにパフェを選び、それから思い直したようにワッフルも注文することに決めたようだ。

「ハルキは？」

そう訊かれてサンドイッチを選ぶ。操作方法に戸惑《とまど》っている男の代わりに、俺が曲選択《せんたく》と注文を兼《か》ねた電子目次本で注文する。しばらくして料理を手に入ってきた店員を見て、エリアスは「日本人は何から何まで電子化するのが好きだな」と呆《あき》れと感心混じりに口にする。

「自動掃除機《そうじき》を考えだした国の人間に言われたくないな」

円盤《えんばん》形の床掃除《ゆかそうじ》ロボットを反証に出すと、エリアスは「あれはもともと地雷《じらい》除去のロボットを開発しようとして、その副産物で生まれたって話だ」と教えてくれる。

そういえばＥＤ治療《ちりょう》薬も狭心症《きょうしんしょう》の薬の副産物で生み出されたんだったな、と関係のないことを考えているとと再びドアが開いて、店員が追加の料理を持ってきた。

テーブルに料理が並び、俺達がそれを粗方《あらかた》食べ終わる頃《ころ》にようやく待っていた女性が来る。

彼女が至極不機嫌《しごくふきげん》な顔をしているのを見て、エリアスは半分以上なくなったパフェを食べながら「例の男の正体は分かったか？」と尋ねた。

「今回は危険な橋を渡《わた》るはめになったんだから、報酬が欲しいわ」

「探《さぐ》らせる代わりに、こっちも欲しがってた情報をやっただろう？」

「足りないわよ。彼が誰《だれ》だったか聞きたくないの？」

その言葉にエリアスは「いくら欲しいんだ？」とあっさり折れた。

谷原と相対したときのことを考えると、女性に甘い気がした。彼女と寝《ね》たせいかもしれないと考えると嫌《いや》な気分になったが、顔に出すほど子供でもないし、第一その資格がない。

「お金はいらない。ただ公安に目を付けられているから、どうにかして欲しいの」

「それは俺じゃなくて、ハルキに頼《たの》む案件だな」

女性は俺に視線を向けると、瞬《まばた》きもせずにじっと返事を待っている。どうにか出来るも何も、公安は管轄《かんかつ》外だ。外事の責任者である谷原にならなんとか出来るかも知れないが、彼とは先程決別したばかりだ。しかしそれを明かせば、女性の情報は手に入らないだろう。

「努力する」

「それじゃ駄目《だめ》よ。努力なんて誰でもできるじゃない」

エリアスは黙々《もくもく》とパフェを食べている。助け船を出すつもりはないらしい。

仕方なく「分かった。約束する」と、安請《やすう》け合いする。公安と取引できる手札は何もないが、引き受けない限り話は進まない。ただの口約束だったが、女性はほっとした様子で、肩の力を抜く。

「調べたけど、トマの本名は分からなかったわ。たぶん偽《にせ》のパスポートで入ったのね。でも、顔写真が手に入った」

彼女はそう言った後で、俺達の反応を確認するように間をおいてから、鞄《かばん》から写真を一枚取り出す。女性客に向けたカメラに、偶然《ぐうぜん》写り込んだらしく彼は写真の端の方にいた。

狙撃手の相棒というには細い体つきの男だった。もっともコートを着ているので、それほど正確に体つきは分からない。黒髪《くろかみ》で陰気《いんき》な印象がある。酔《よ》っているのか瞼《まぶた》は半分下がっていた。以前被害者女性の友人に確認したホテルの画像よりも、はっきり面相が分かる写真だった。

「写真があれば、後はあなたのお友達の方が調べられるわね？」

エリアスは写真を手にすると「四十代に見えるな」と言うと、それを携帯《けいたい》のカメラで撮《と》る。

「居場所も探ろうと思ったんだけど、駄目だった。潜《もぐ》ってるか、もう消されてるのかも」

「だろうな」

エリアスはそう答えると携帯を持ってカラオケボックスを出ていった。

早速《さっそく》、以前レイクサイドの件を調べさせた友達にでも、連絡《れんらく》するのだろう。

女性と二人で残されて気まずい思いをしていると、彼女から再度先程の件を念押しされる。

本来ならば俺は彼女を取り締《し》まる側なので、頭の痛い話だった。女性は「もし私が捕《つか》まったらあなたも仲間だって言うわ。宇田川悠貴さん」と、教えていない名前を口にすることで俺を脅《おど》してから、部屋を出て行く。

厄介《やっかい》なことになったな、と苦い気持ちでいると、しばらくしてエリアスが戻《もど》ってくる。

そういえば彼女と面倒な取引をすることになった原因は、この男だった。

「良い知らせがあるんだろうな？」

俺の問い掛《か》けにエリアスは「見方によるな」と微妙《びみょう》な答えを返す。

「いいから話せ」

促すとたった今電話で得た情報を、エリアスが話し始める。

トマが軍人時代にゴーストと同じ時期に同じ地域に派遣《はけん》されていること。しかし敵前逃亡《とうぼう》でその後、行方《ゆくえ》知れず。発見次第《しだい》、軍法会議にかけられることが決められていたこと。最近、トマの両親の口座に多額の入金があったこと。

「トマと射殺された犯人は同一人物だった。ついでに言えば、ゴーストの弟だ」

これでようやく色々なことの辻褄《つじつま》が合う。トマは自分の知り合いの女性をベックに近づけ、彼女を使って予め《あらかじ》予約した部屋に被害者《ひがいしゃ》を誘《さそ》い込んだ。そこをゴーストが狙撃《そげき》した。対象を射殺後、口封《くちふう》じのために女性も殺害したのだろう。それなら理屈《りくつ》が通る。

「そこまで分かって、それのどこが見方によるんだ？」

「関係者がゴースト以外死んでるから、裏の取りようがない。そのうえ、ゴーストの居場所も未《いま》だ不明だ。さらには、弟まで犠牲《ぎせい》にしたんだ。何があっても、復讐《ふくしゅう》を遂《と》げるだろうな」

エリアスはそういうと食べかけのパフェにスプーンを差し込み、もう溶《と》けてしまったアイスを掬《すく》って口に運び、「ああ、あともう一つ言うべき事が」と思い出したように声をあげる。

「レイクサイドの最後の生き残りが、今度来日する」

「それを早く言え。……レイクサイドが原因なのに、事件自体が未だによく分からないな」

「それは俺の友達も分からない。特秘扱《あつか》いらしい。ブラッドなら知ってるだろうけど、多分教えてくれない。あの人はちゃんとした軍人だから」

「お前は自分がちゃんとしてないって自覚があるんだな」

「俺は夢や理念があってこの世界に入ったわけじゃない。単純にうちは金が無くて、他《ほか》に選択《せんたく》肢《し》がなかった。十七の頃の俺は愛国心や世界平和に燃えてたわけじゃない。ただアラスカに住んでたから狩猟《しゅりょう》は生活の一部で銃《じゅう》の扱いは得意だったし、特に就《つ》きたい仕事もなかった」

「アラスカ？　それで四月の日本が寒いって言ってたのか？」

俺の非難にエリアスは肩《かた》を竦《すく》めて「パラオの気候に順応しすぎた」と言い訳をした。呆れた気分でいると、エリアスは「レイクサイドの件はゴーストを捕まえて吐《は》かせればいい」なんて馬鹿《ばか》なことを口にする。

「そいつを捕まえるために情報がいるんだろ？」

「情報がなくても捕まえられるだろ？　対象が来日するんだ。日本に留《とど》まっている理由はそいつの射殺しかない。俺達が今求めるべきなのは、事件の背景じゃなくて、犯人がどこでいつ犯行にいたるかって情報だろ？」

「相手のことをリサーチしない限り、次の犯行現場のプロファイルなんてできない」

するとエリアスは拍子抜《ひょうしぬ》けするほどあっさりと「できる」と、簡単に請け負う。

「まずは対象のスケジュールを手に入れよう。そこから狙撃ポイントを探る。相手が天才なら、最高のポイントを選ぶはずだ。俺ならそれが分かる」

「スケジュールなんてどうやって手に入れるんだ？」

エリアスは意味深に笑うと、パフェを綺麗《きれい》に食べてから「知り合いに貸してる残りの金をチャラにすることで、どうにかする」と続けた。


「じいさんは殺した獲物《えもの》を食うのがマナーだと信じてて、それを俺達にも徹底《てってい》させた。毛皮も角も捨てずに活用する。内臓や骨は犬や家畜《かちく》にやってたけどな。余さずに糧《かて》にすることで、獲物を殺害したことの帳尻《ちょうじり》合わせをしてた。だから小さい頃からよく捌《さば》くのを手伝ってたよ」

エリアスは喋《しゃべ》りながら、野菜を刻んでいく。手先が器用な理由を尋《たず》ねたら、前述の説明が返ってきたわけだが何故《なぜ》こんなことをしているのかというと、彼が夕食を振《ふ》る舞《ま》うのを口実に後《こう》輩《はい》の家に押し掛けたせいだ。

あの後、エリアスは再び厨子基地を訪《おとず》れた。アポなしだが彼が軍人であるお陰《かげ》か、それとも特権を将軍から与《あた》えられているのか、基地には簡単に入ることができた。勿論《もちろん》、俺も同伴《どうはん》でだ。

入ってすぐにエリアスはキットに会いに行こうとしたが、相手は演習中だった。

夜まで待つ間、エリアスは焼かれた鶏《とり》を含《ふく》めて両手に持ちきれない程《ほど》の食材を俺の金で購《こう》入《にゅう》するとキットの家を聞き出して、ドアの前で待ちかまえる作戦に出た。

幸いにも作戦は成功した。帰宅したエリアスの後輩は、彼を見た途端《とたん》に悲観的な表情を浮《う》かべたが、中には入れてくれた。台所を占領《せんりょう》された彼は俺と一緒《いっしょ》にダイニングのテーブルにつき、「手料理を振る舞ってくれるときは、ろくなことがないんですよね」と呟《つぶや》く。

「人聞きが悪いな。一緒に飯が食いたいだけだ」

「地雷原《じらい》を通って敵陣《てきじん》に単騎夜襲《たんきやしゅう》をかける前にも、あなたがそう言って酒とジャーキーを持ってテントに来たことを、俺は未だに忘れてません。あのとき、俺は本気で死を覚悟《かくご》しました」

「覚悟が出来てるなら、俺を見て落ち込まなくてもいいだろ？　結構傷つくんだ、それ」

「凶兆の象徴《きょうちょうしょうちょう》になったのはあなた自身のせいでしょう？　それに確かに死ぬ覚悟は出来てますが、国のためにです。あなたのためには死にたくないし、あなたのせいでも死にたくない」

きっぱりとキットはそう言った後で、迷惑《めいわく》そうに自分の家の台所で料理をつくるエリアスを見た。

「別に死ねなんて言ってない。ちょっとお願いがあるだけだ」

「あなたのお願いが〝ちょっと〟だった例《ため》しがない。聞きたくありませんが、聞かないと帰らないでしょうから、一応聞きます。一体、何の用ですか？」

彼はその質問に振り返ると「食ってからにしないか？　食事は楽しい方が良い」と言った。

それにより嫌な予感が肯定《こうてい》されたと確信したのか、キットはますます悲愴《ひそう》な顔をしていた。

重苦しい空気を払拭《ふっしょく》させたくて雑談を持ちかけるが、あまり乗って来ない。殆《ほとん》ど会ったことのない相手の家で、料理が完成するのを待つのは気詰《きづ》まりで、沈黙《ちんもく》をうち消すために「ところでエリアスから聞いたんだが、"pull and pray"っていうのは何か特有の意味がある言葉なのか?」と尋ねる。

俺の語学知識は授業と新聞や報道番組から得たものばかりだ。だから隠語《いんご》や俗語《ぞくご》にはそれほど詳《くわ》しくない。それに日本では専《もっぱ》ら「婚約《こんやく》」の意味で使われている"Engage"は、軍事用語では「交戦」を意味している。"pull and pray"が別の意味を持っていても不思議ではない。

間を埋《う》めるためにその熟語に関して尋ねると、キットは怪訝《けげん》そうな顔で俺を見た。

「特有……、生でしたときの膣《ちつ》外射精を指すことはありますが……」

「ああ……なるほど」

眉根《まゆね》を寄せて俺とエリアスを見比べる目の前の男に、余計空気が重くなるのを感じた。

クリームパイも恐《おそ》らく似たような意味なのだろうと思い、訊《き》くのは止《や》める。

訝《いぶか》しげな視線と沈黙が苦痛だったので、エリアスが調理を終えた時はほっとした。

彼はステーキと鳥肉入りのスープを並べると、そこにパンを付けて完成させた。普段《ふだん》色々な物を食べているだけあって舌が肥えているのか、手料理はそれなりに美味《うま》かった。

しかし楽しい食事にはならなかった。キットは随分憂鬱《ずいぶんゆううつ》そうだし、俺も元々見知らぬ相手と楽しく食事できるほど社交性に長《た》けているわけではない。食事中はエリアスだけが話していて、彼から振られる質問に、ぽつりぽつりとキットが答えるぐらいだった。

食事が終わると、死刑執行《しけいしっこう》の時間が来たとばかりにキットが「それで用件は何です」と切り出す。エリアスはパンの最後の欠片《かけら》を咀嚼《そしゃく》してから「大佐《たいさ》が来日する際のスケジュールが欲しい。手にはいるだろ？　警備部なんだから」と、悪びれもせずに要求する。

「大佐の行動日程を俺に横流ししろって言うんですか？　ふざけたことを……。そもそも、一体何に使うんですか？」

「狩猟だ」

エリアスのその言葉に、彼の目の色が変わる。

「まさか大佐を？」

「まさか。大佐を狩《か》ろうとしている奴《やつ》を、俺が狩るんだ」

「誰《だれ》のことです？　もし大佐の身に危険が迫《せま》っているのなら、教えてください」

「ゴースト」

エリアスはあっさりと種明かしする。すると途端に、緊迫《きんぱく》していたキットの愁眉《しゅうび》が開く。

「ゴーストって、あのゴーストですか？　死んだはずだ」

「死んでない。実は生きてて、レイクサイドの生き残りを殺してる」

「……あなたは、きっと少しおかしくなってるんですよ。カウンセリングは受けてるんですか？　基地内にもカウンセラーはいますから、もし話を聞いて貰《もら》いたいなら連絡《れんらく》しておきますよ」

「必要なのはカウンセラーじゃなくて、行動日程表だ」

キットは気の毒な人間に向けるような目でエリアスを眺《なが》めると「どんなに脅《おど》されてもそれは

無理です。これ以上この件で粘《ねば》るようなら、上に報告させて貰います」と言った。

「残りの掛《か》け金《きん》をチャラにすると言っても？」

知り合いは静かに頷《うなず》き、エリアスは諦《あきら》めて嘆息《たんそく》する。

「分かった。今日の会話はなかったことに」

「ええ、勿論です。でも、その代わりに後でカウンセラーのところに必ず行ってください。パラオに戻《もど》ってからでもいいですから。じゃないとこのことを報告しなくてはならなくなる」

ゴーストが生きていると言っただけで、知り合いはエリアスがおかしくなったと確信したようだ。それほど、その狙撃手が死んだことは疑いない事実らしい。

「死んだ人は生き返りませんよ。ゴーストも、あなたの観測手も」

キットの言葉にエリアスが一瞬《いっしゅん》だけ表情を硬《かた》くしたが、すぐに普段通りの締《し》まりのない顔に戻ると「プライベートな時間を邪魔《じゃま》したな」と口にして、立ち上がる。

「いいんです。料理は美味《おい》しかった」

エリアスがあっさりと諦めて、玄関《げんかん》の方に行くのを見てほっとしたように彼は言うと、次いで俺を見た。早く立ち去って貰いたいのが分かり、俺も礼を言って椅子《いす》から離《はな》れる。

それから簡単に挨拶《あいさつ》を済ませて、彼のマンションを出ると外はとっぷりと暗くなっていた。

ここから基地内の循環《じゅんかん》バスでゲートまで行き、帰るのは億劫《おっくう》だった。成果がないだけ余計だ。

「どうするんだ？」

基地内を巡《めぐ》るバスの停留所で、思わずそう問い掛ける。大佐の来日目的が外交的な問題に関係あれば、日本側からも日程は入手できるかもしれないが、国内の基地を巡るだけが目的ならば、わざわざ日本側に日程を教えたりしないだろう。そうなるとこちらからは手を出せない。

「まさか。ハッキングとか言うなよ」

「俺にはそんな技術はない。後は素直《すなお》にブラッドが手を打つのを待つだけだ。あの人は俺に関してはかなり警戒《けいかい》しているから、キットから話を聞けばすぐに手を打ってくるだろうしな」

「今日の会話はなかったことにしたんじゃないのか？　第一騒《さわ》げば犯人が逃《に》げると言って、協力を求めなかったのはお前だろ？」

「ゴーストの弟が死んで状況《じょうきょう》が変わった。それからわざと口止めしたのは、あいつが俺が禁止したことをするのが好きだからだ」

エリアスはそう言うと、やってきたバスに乗り込む。

「もしかして、そのためにここに来たのか？」

俺も同じようにバスに踏《ふ》み込んでそう言うと、エリアスは振り返らないまま「掛け金をチャラにするつもりは最初からなかった。大金だしな」と笑った。

家には当然ベッドは一つだが、連日エリアスと一緒のベッドで眠《ねむ》るつもりはなかった。

最初の頃《ころ》のような反感はもうすでにないし、彼との相性《あいしょう》が良いことは分かっているが、下手に関係を進展させたところで、エリアスはこの件が終われば再びパラオか、もしくはどこか彼の気に入る国に行くだろう。だからそのときのために明確な線引きをしておく必要があった。

「寝室《しんしつ》には入るなよ」

しかしシャワーを浴びた後で寝室に向かう手前で釘《くぎ》を刺《さ》した俺に対して、ソファの上で携帯《けいたい》を弄《いじ》っていたエリアスは「どうして？」と意外そうに訊いてきた。

「今夜はゆっくり眠りたい」

「同じ部屋だと俺があんたの色気にやられるって警戒してるのか？」

自意識過剰《かじょう》だと言われるのかと思い、睨《にら》み付けると「確かにあんたは色気がある。気の強いところもいい。惚《ほ》れそうだな。もしかしたらもう惚れてるかも」と予想外の台詞《せりふ》が返ってくる。

エリアスは微笑《ほほえ》んで見せた。胡散臭《うさんくさ》い。胡散臭いが、つい期待しそうな自分に呆《あき》れる。

「それともあんたが俺の色気にやられるのが怖《こわ》い？」

「疲《つか》れてるんだ」

俺の言葉にエリアスはあからさまにがっかりした態《てい》で肩《かた》を落とすと「一人だと眠れないんだ」と、子供みたいなことを言った。

「俺はお前と一緒《いっしょ》じゃ眠れない」

元々それほど性欲《せいよく》は強くない。入庁してからは余計にそう感じていたが、エリアスといると感情や欲望《よくぼう》が触発《しょくはつ》される。快楽だけなら割り切れるが、何度も寝《ね》てしまったらそれだけじゃ終われない予感がして、断る。すると彼が冗談《じょうだん》めかして「興奮するから？」と訊いてきたから、

「かもな」と言って寝室の扉《とびら》を閉めた。夜の十二時を過ぎた頃に、谷原から着信があったが無視をして、ベッドの中に入る。眠りに落ちるまでには時間がかかった。それでもようやくうとうとしてきた頃に、リビングの方からエリアスの苦しげな呻《うめ》き声が聞こえる。

微《かす》かなそれに、咄嗟《とっさ》に起きあがる。狙《そ》撃《げき》犯が家を襲撃《しゅうげき》したという最悪なパターンを考えながら、音を立てないよう気を付けてリビングの様子を窺《うかが》う。

しかし慎重《しんちょう》に確認《かくにん》したものの、部屋には他人の姿はない。またからかっているのかとソファの上を見て、エリアスが目を閉じたままでいることに気付く。

「おい」

揺さ振《ぶ》って起こすと、目を開けたのと殆ど同時に腕《うで》を摑《つか》まれた。力の強さに「う」とくぐもった声が漏《も》れる。

ふざけるのもいい加減にしろと怒《いか》りを覚えたときに、痙攣《けいれん》するように震《ふる》えた瞼《まぶた》が持ち上がり、エリアスは視界に俺を捉《とら》えて、「ハルキ？」と不安そうに名前を呼んだ。

「大丈夫《だいじょうぶ》か？」

声をかけるとエリアスは「悪い」と戸惑《とまど》ったように謝って、俺から手を放す。

ソファの上で途方《とほう》に暮れている男に「魘《うな》されてたのか？」と掠《かす》れた声で問い掛けてみる。エリアスは決まり悪そうな顔で「嫌《いや》な夢を見た」と一言呟《つぶや》いた。

「少年兵の？」

エリアスは俺の問い掛けにがしがしと頭を掻《か》くと、ソファの背凭《せもた》れに寄りかかる。

客用布団《ぶとん》なんて、うちにはないから彼には冬用の羽布団を渡《わた》していた。それが今では床《ゆか》に落ちているが、引き上げる気にもならないようだった。

「いや、観測手が重傷を負ったときの。マンネリ化しない程度には、悪夢のバリエーションは豊富なんだ」

「話したいなら、聞いてやる。話したくないなら、喋《しゃべ》らなくていい」

俺の言葉にエリアスは「じゃあ、聞いて貰っていい？」と、憔悴《しょうすい》した様子で口元を覆《おお》ってから喋り始めた。

「俺の相棒が、報復合戦で死んだって言ったよな？　俺、あのときあいつが死ぬまでずっと抱《かか》えてたんだ。銃撃戦《じゅうげきせん》が始まって、俺も被弾《ひだん》して建物の陰《かげ》に隠《かく》れていた。逃げるためにはそいつを担《かつ》いで車まで行くしかなかったけど、辿《たど》り着く前に撃《う》ち殺されるのは目に見えてた」

そう語るエリアスに相槌《あいづち》を打つ代わりに、冷蔵庫から持ってきた水のボトルを渡す。そのときになってようやく自分が汗《あせ》をかいていることに気付いたのか、エリアスはそれを受け取ると半分ほど飲み干した。

「相棒はかなりの出血で、最期《さいご》の方はがたがた震えてた。抱えて車に辿り着ける自信はなかったし、辿り着けたとしても手当てが間に合わないのは分かってたけど、助けを求める相棒を抱《だ》き締めたまま、自分可愛《かわい》さに最善を尽《つ》くさなかったことを、今でも後悔してる」

「仲間を担いで集中砲火《ほうか》を浴びて、一緒に被弾して死にたかったのか？」

酷《ひど》い言い方だと自分でも思ったが、ついそんな風に尋《たず》ねていた。エリアスはボトルをテーブルの上に置くと「判断が間違《まちが》っていなかったのは分かってる。あの状況では掩護《えんご》を待つしかなかった。でも、瞼の裏から離れない。夢から覚めても、戦場にいる気がする」と吐《は》き出す。

そう言うと、夢でないと確かめるようにエリアスは再び俺の手を取った。

「眠ると最悪な光景ばかりだ。そういうのが全部目の底に溜《た》まってる。瞳《ひとみ》を開けてる間は出てこないけど、瞼を閉じた途端に浮《う》かび上がってくる。ずっと消えてくれない」

先程《さきほど》とは違《ちが》い壊《こわ》れ物に触《さわ》るような仕草で、摑まれたせいで赤くなった皮膚《ひふ》に触《ふ》れる。目を伏《ふ》せたエリアスの睫《まつげ》を見つめていたら、脳裏《のうり》に当時のニュース映像が過《よぎ》る。まるで関係ない話だと、当時はろくに気にも留めなかった。あの場所にエリアスがいて、途方に暮れていたと考えると、普段《ふだん》はろくに動かない同情心が動く。

尤《もっと》も、目の前の男の乱れた髪《かみ》を直したのは、その同情心からじゃないが。

「お前は、どうやってその戦地から帰ってきたんだ？」

指先にしっとりと絡《から》みつく柔《やわ》らかな髪を、汗で張り付いた額から払《はら》うと、瞼が持ち上がる。

視線が絡まってから、エリアスは自嘲《じちょう》気味に唇《くちびる》の端《はし》を歪《ゆが》めた。

「しばらくして応援《おうえん》が来た。それで、俺だけ助かった」

エリアスはそういうと「乗り越《こ》えられると思ってたよ。死は日常だったから。でも、」

彼の手が肌《はだ》を辿る。温かい場所を探そうと、腕の内側に這《は》わされるのを見て「したいのか」と溜息《ためいき》混じりに尋ねる。こうなるのは、腕を摑まれたときから分かっていた気がした。

「――しなくてもいい。でも、一緒に寝たい。あんたに触ってたい」

こんなときばかり年下特有の甘え方で強請《ねだ》られる。突《つ》き放す方が悪だと思わせるような頼《たよ》りない表情が、意図的につくられたものではないと分かるからこそ、質《たち》が悪い。

「抱き締《し》めたい」

普段の自信満々な態度が嘘《うそ》のようにしおらしくされると、懐柔《かいじゅう》されてもいい気分になってくる。だから渋々《しぶしぶ》許した途端に、強引《ごういん》にソファの上に押し倒《たお》されて、上に乗られていた。

「エリアス」

押し倒された後で抗議《こうぎ》の声をあげると、唇を塞《ふさ》がれる。

抱き締めると言ったとおり、腕は絡みついてきた。服の上からではなく、服の内側に這ってくるその無骨な指に、「結局、こうなるんじゃないか」と恨《うら》み言を述べる。

「どうしても駄目《だめ》か？」

強請る言葉を吐き出すと同時に、俺を抱き締める腕に一層の力が籠《こ》もった。駄目と言っても放してくれる気は無さそうな態度に、日中の記憶《きおく》が蘇《よみがえ》る。エリアスが俺の代わりに谷原に怒《おこ》ったことを思い出したら、こいつが安心して眠れるなら、俺の下らない感情なんてどうでもいい気がした。それに、どうせ気持ちがいいことには変わりない。

そう思った自分に舌打ちをする。すっかり、こいつの思い通りだと悔《くや》しい気分で「好きにしろ」と言えば、過去に怯《おび》えた男が「あんたはすごく優《やさ》しいな」と、頼りない声で縋《すが》るように口にする。

昨日とはまるで別人のような触れ方だった。一つ一つボタンが外され、露《あら》わになった胸の中央にその唇が触れる。柔らかな感触《かんしょく》のくすぐったさに身を捩《よじ》ったが、唇は離《はな》れなかった。

「二回もしたら、もう俺のことをゲイだって馬鹿《ばか》にできないな」

からかい混じりに言うと「最初から馬鹿にしてない」という返答があったが、からかわれていたのは確かだ。すっと息を吸い込んだときに、唇が塞がれる。最初は舌は入ってこなかった。代わりに何度も唇を押し付けられ、背中に回った手で肌を撫《な》でられた。

徐々《じょじょ》に体の芯《しん》が熱くなっていくのを感じていると、膝《ひざ》で足を割られる。

「もう硬《かた》くなってるな」

どこか嬉《うれ》しそうに彼が言ってから、手でそこに触れてくる。ゆっくりと掌《てのひら》で擦《こす》られた。生温《なまぬる》いそれに焦《じ》れて腰《こし》を浮かせると、宥《なだ》めるように彼の唇が頬《ほお》に触れた。少しでも触れ合う時間を長引かせようとするやりかたに、昨夜は彼が満足する前に終わりにしたことを思い出す。これはその仕返しか、もしくは昨夜の教訓からじっくりと楽しむつもりなのだろう。

「エリアス」

徐々に耐《た》えられなくなって、咎《とが》めるように名前を呼ぶ。

「交代しろ」

思わずそう言うと、少し戸惑った顔を見せてから「舐《な》めてやる」と、舌を見せて言った。

「いい。キスができなくなる」

「キスは充分《じゅうぶん》しただろ？」

重ねてきた唇に軽く歯を立てると「足りない」と、更《さら》に深く食いつくようにキスをされる。

舌が吸われて、彼の口の中に引き込まれる。絡み合う度《たび》に音がして、余計に焦れた気分になると、エリアスの手が背中に回りゆっくりと下着の中に入ってくる。そのまま着ている物を脱《ぬ》がされて、とうとう彼の前で俺だけ裸《はだか》にさせられた。

「あんたは優しいな」

肝心《かんじん》な所にはどこも触れられないまま、キスと肌への愛撫《あいぶ》だけで息が乱れ始める。

「お前は、意地が悪い」

とっくに勃《た》ち上がって硬くなったまま放《ほう》っておかれた場所は、時折エリアスの肌に擦れただけで歓喜《かんき》して、はしたなく震えた。

彼は再びキスを繰《く》り返しながら、指を俺の胸へと滑《すべ》らせた。けれどその指は先端《せんたん》には触れずに、その周囲をざらついた手で精一杯《せいいっぱい》柔《やわ》らかく撫でては、腹の方に下りていってしまう。そして下生えの際《きわ》をなぞり、腰骨《こしぼね》に触れてから脇腹《わきばら》を辿って胸に戻《もど》ってくる。遊んでいるような動作なのに、徐々に煽《あお》られていくのが悔しかったので、舌に嚙《か》み付いてやった。

「っ、ハルキ」

「俺は同情だけで寝《ね》るわけじゃない。だから、つまらなくなったら止《や》める。いい加減……ちゃんとしろ。昨日みたいなやつでいい、から」

そう言うとエリアスが驚《おどろ》いたように瞬《まばた》きをした。固まってしまった相手に焦れて、膝を立てて腰を僅《わず》かに浮かせる。最初は乗り気じゃなかったが、散々焦らされたせいで、体は受け入れる瞬間《しゅんかん》を期待して薄《うす》い色に染まっていた。恐《おそ》らく自分では見えないが頬も上気しているのだろ

う。だけどそれを気にする余裕《よゆう》はなく、自らの指を唾液《だえき》で濡《ぬ》らして、穴に触れた。

エリアスが見ているのは分かっていた。その中心が興奮で硬くなっているのが目に入り、羞恥《しゅうち》も感じたが、落ち込んでいる相手へのサービスだと、痴態《ちたい》を晒《さら》している自分に折り合いを付けて指を増やす。自慰《じい》に似た行為《こうい》を浅ましいと思いながらも、指を動かしているとエリアスが服を脱ぎ捨てた。

その行動に安堵《あんど》に似たものを感じていたら、足を開かされた。

腰を摑《つか》まれて、彼のやりやすいように引き寄せられる。そして会陰《えいん》に硬くなったエリアスの陰茎《いんけい》の先が触れた。

「ふ……っ」

体が無意識に震《ふる》え、戦慄《わなな》きながら指を抜《ぬ》き取る。

「あんたが俺を欲しがってる」

ひくつく穴の上にそれを押し当てて、エリアスが呟《つぶや》く。俺に対してというよりも、自分に対して確認《かくにん》しているようだった。

「早く」

掠《かす》れた声で求めると、ようやくそれが埋《うず》められた。肉壁《にくへき》をずりずりと押し広げながら、奥の方まで進んでくる。自然と押し出されるように声が漏《も》れた。内側と縁《ふち》の部分は、擦り上げられる度《たび》に少し痛みを感じた。昨日、深く蹂躙《じゅうりん》されたせいでまだ粘膜《ねんまく》は傷ついているようだった。

それでも止めて欲しいとは思わなかったし、悟《さと》らせるのも嫌《いや》で自分から腰に足を巻き付けて

「いい、もっと」と伝える。

口にした瞬間、限界まで深く突き上げられて、目の前の男に抱《だ》きつくはめになる。

「あっ、……、ふ……っ」

だけどソファの上の不安定な体勢で、そうしていると安心感があった。だから腕《うで》をその背中に回したまま、エリアスによって与《あた》えられる熱に酔《よ》う。

「あ、……っ、あ」

声をあげれば、その部分を執拗《しつよう》に突かれる。ひりついた痛みと同時に快感が芽生えて、目眩《めまい》を伴《ともな》うそれに身を任せながら瞼を瞑《つむ》ると、「ハルキより先にいきそう」とエリアスは言いながら俺の胸の先に爪《つめ》を引っかけた。

硬く尖《とが》ったそれで敏感《びんかん》な部分を弄《いじ》られて、「あ」と声を漏らす。

「俺も……、もう、……いく」

爪で弄られたところを指の腹でぐっと強く押されて、びくりと腰が跳《は》ねた。それと同時にエリアスの物を締め付ける。体に力が入っているときに、臍《へそ》の裏側をごつごつと突かれると堪《たま》らなかった。いい場所を抉《えぐ》られると、足の先が痙攣《けいれん》するようにびくびく震える。

「いく」

「ああ、だけどまだ足りないな」

残念そうに口にするエリアスに、同調する。まだ充分《じゅうぶん》に楽しんだとは言い難《がた》い。それに、今離れたら折角《せっかく》温まった体が冷えてしまいそうだ。

それにこの男が安心して眠《ねむ》れなければ、俺まで悪夢を見そうな気がした。

だから、エリアスに自分の唇を重ねてから、「一回で終わりにしなくていい」と伝える。

「もっとしていい」

エリアスは何も言わずに深いキスをしてから、俺の体内に吐精《とせい》した。精液が肉壁に叩《たた》き付けられた瞬間、我慢《がまん》の糸が切れて、注がれながら達する。

「あ……っ、ぁ」

ゆるやかなやり方だったが、昨日と同じぐらい強い快感に、息を落ち着けるまで時間がかかった。エリアスにしがみついていた腕から力を抜くと、だらりとソファから垂れ下がる。

指先に冷たい床《ゆか》が触《ふ》れて、少しだけ冷静になった。

「ハルキ」

約束を履行《りこう》させようと、繋《つな》がったままエリアスが俺の体を抱《だ》き締めてきたから「一度抜いてくれ」と頼《たの》む。すると珍《めずら》しく従順に体を起こした彼によって、深く体に咥《くわ》えこまされていた杭《くい》が抜かれる。

「ッ……、う……ん」

まだ敏感な場所を逆刃《さかば》のように反りかえった部分で擦られて、達して萎《な》え掛《か》けていた筈《はず》の陰茎がひくひくと動いた。思わず目にしてしまったエリアスのそれは、白濁《はくだく》した液を纏《まと》っている。

完全に抜けたときに、どろりと体の中から精液が零《こぼ》れるのが分かり、パイになった気分だった。

快感に震えながらも呆《あき》れていると、エリアスが俺の首筋に顔を埋めてくる。

動物のように、剝《む》き出しになった肌《はだ》と肌をすりつけてくる男を見つめて「信じられない」と改めて口にする。

この灯《あか》りの少ない部屋の中でも輝《かがや》きを失わない瞳《ひとみ》が、穢《けが》れた物ばかり見てきたなんて信じられない。

「何が？　俺がハルキよりも先に終わったこと？」

「違《ちが》う。その目の底に嫌な物ばかり沈《しず》んでるとは、信じられないと言いたかった。お前が上手《うま》くサルベージできないだけで、きっと嫌な物を帳消しにできるぐらい、良い物もあるはずだ」

もしかして先に達したのを気にしていたのかと、微《かす》かに笑《え》みがこぼれた。

年下らしい子供じみた感情が「かわいい」と思った。同時に「愛《いと》しい」とも。

そう思ってしまったことに、戸《と》惑《まど》いながらもその頰に触れる。

「どういう意味？」

「子供の頃《ころ》の宝物を覚えているか？　初めて出来た恋人《こいびと》の姿は？　朝焼けの色は忘れたのか？そういう物も見ているだろう？　嫌な物ばかりが溜《た》まってるわけじゃない。きっと良い物の方が多い。今度、眠る前にゆっくり探してみろ。瞼《まぶた》の裏に、きっと消えずに残ってる」

だから嫌な光景ばかり思い返すなと言う代わりに、首を伸《の》ばして閉じた瞼に唇《くちびる》を押し付ける。

エリアスは「ああ」と吐《と》息《いき》を零すと、腕で体を起こしてじっと至近距《きょ》離《り》で俺を見つめ、「焼き付けとくよ。今度眠る前に思い出せるように」と、俺の頰に触れながら言った。

そして交わりを始めるために「ハルキ」と、熱を籠《こ》めて俺の名前を呼んだ。

先程《さきほど》とは違う、性急な手つきで二回目を求められて、また吐息が掠れ始める。繋がっている間、エリアスはずっと俺の顔ばかり見ていた。俺が顔を逸《そ》らすと、わざわざ手で戻される。見つめ合いながら達するときに、エリアスはまた小さく俺の名前を呼んだ。

本当に信じられない。こいつが人を殺すことができるだなんて。

「ひどい話だと思わないか？」

エリアスがそう言ったのは、厨子基地から少し離《はな》れた場所に位置するホームセンターでのことだった。俺は何故《なぜ》こんな場所に連れてこられたのか分からないまま、店内を見回す。周囲にあるのは園芸用品だ。シャベルや鉢《はち》が並ぶのを見るともなしに見ながら、相棒の愚痴《ぐち》を聞いていると、エリアスはアクアリウム用品の棚《たな》に向かって歩いていく。今日の彼はスーツ姿だ。デニムかスーツしか持っていないのだから、ローテーションは限られる。流石《さすが》に、アロハは着る気にならないようだ。この男が不服そうな顔をしているのには、勿論《もちろん》理由がある。

先程、エリアスは基地に呼び出されて将軍と話をしてきた。そこで犯人について色々と説明したらしいが、結局はゴーストの生存に関しては信じて貰《もら》えなかったようだ。

「それにしても、俺の勘《かん》を疑うなんてブラッドは最悪だ。おまけに帰国日程まで決められるしな」

「帰るのか？」

驚いて問い掛けると、エリアスは「集中的なカウンセリングが必要だって言われた。あんたを証人に呼ぶと言ったら、金で買収したんだろうと疑われたよ」と戯《おど》ける。

「じゃあ、この件は終わりか？　真犯人はまだ捕《つか》まってないのに？」

エリアスが肩《かた》を竦《すく》めた瞬間、ふっと力が抜けた気がした。谷原と揉《も》めたのは一体何のためだったのかと、複雑な心境になる。復讐《ふくしゅう》すると言っていたくせに、あっさりとしているエリアスを見て、どこか裏切られた気分だった。

「じゃあもう打つ手はなしか？」

呼ばれてもいないのにエリアスの運転手として基地に付いてきた挙げ句がこれでは、浮かばれない。双方《そうほう》の上層部が終了《しゅうりょう》を決めたのなら、報告書をまとめて事件を収束させなければならない。それに俺一人で続けたところで、どうにもならないのは分かっていた。

「そうでもない。二人一組の行軍には慣れてる。敵は一人だがこっちは二人だ。充分だろ」

虚勢《きょせい》でもなく本心からそう口にするエリアスに拍子抜《ひょうしぬ》けしながら「だけど、大佐《たいさ》の来日日程は教えてもらえなかったんだろう？」と尋《たず》ねると、彼の顔にどこか得意げな笑みが浮かぶ。

悪戯《いたずら》を自慢《じまん》する子供みたいなそれを見て嫌な予感を覚える。

「いいや、日程表は一応確認してきた」

「信じて貰えなかったのによく入手できたな」

「元々機密レベルはそんなに高くないから、キットのＩＤカードで何とかなった」

「……ハッキングはしないんじゃなかったのか？」

「部屋に入るのにはＩＤカードを使ったけど、情報の閲覧《えつらん》はまた別の奴《やつ》のＩＤだ。そっちは合意だよ。カードもキットの部屋に返しておいたし、これってハッキングに当たるのか？」

昨日、わざわざ家にまで押し掛けたのはそれが目的だったのかと、手癖《てくせ》の悪い男に呆れる。

しかし一体いつ掏《す》っていたのか、全く気付かなかった。

エリアスは大佐は非公式に来日して、非公式に日本の防衛省の人間と会談をする予定だと教えてくれた。会談の内容は分かっていないが、場所は都内のホテルが押さえられていると、俺に説明した。大雑把《おおざっぱ》なタイムスケジュールも記憶《きおく》してきたらしい。

「あっさりとＩＤを貸すような奴がいるんだから、内通者もいるかもな」

他国のことながら心配になると、エリアスは「レイクサイドの件は内通者はないかもな。被《ひ》害者《がいしゃ》のベックは元々女好きだったみたいだから、トマも女を宛行《あてが》うのは簡単だっただろうし。基地の連中はよく外に飲みに出てるから」と、口にした。

「だけど、お前が狙撃《そげき》されたと聞いても、将軍はゴーストの存在を信じないのか？」

どれだけ信用がないんだと思い、初対面のときの「優秀《ゆうしゅう》」との紹介《しょうかい》は対外的な社交辞令か、やはり体《てい》の良い押しつけだったのかもしれないと、あのときの厳《いか》めしい将軍の顔を回想する。

「一時期、戦艦《せんかん》のなかで寝《ね》てても狙撃されたって飛び起きてたからな。治ってないと思われただけだ。未《いま》だに眠っていてもそれで目が醒めてるんだから、信用されなくても仕方ない」

エリアスが苦笑《くしょう》するのを見て、悪夢に魘《うな》されていた姿を思い出し、納得《なっとく》した。

確かに、あれではまだ精神的に異状があると判断されても仕方ない。硝子《ガラス》に貼《は》られたポップには彼の視線を追って水槽《すいそう》の中で泳ぐ売り物の熱帯魚に目を移す。狭《せま》い硝子のなかで平然と泳いでいた。尤《もっと》も、もし怯えていたとしても隠《かく》れる場所なんてどこにもないが。

「アフリカンランプアイ」と書かれていた。小さな魚は俺達に怯《おび》えることもなく、
魚の持つ青緑色の目は、エリアスの目の色が光の加減で一番明るくなるときの色と似ていた。

「音楽療法《りょうほう》からアクアリウムセラピーに変えるように言われたのか？」

こんなところに連れてこられた理由が知りたくて、そう尋ねる。

閉じ込められた魚に同類意識でも感じているのかと思えば、エリアスは水槽の下の棚から「底砂」と書かれたパッケージを取り上げた。

「俺が欲しいのは魚じゃなくてこっちだ。銃《じゅう》を安定させるための砂だ。対象の行動予定から狙撃ポイントを探《さぐ》って、そのポイントを狙撃しやすい所から、こっちも狙撃する」

まるで日常茶《さ》飯事《はんじ》のように、エリアスは簡単に口にする。いや、かつてはそれが彼の日常だったんだろうな、とランプアイから視線を逸らす。エリアスがやる気になったことは喜ばしい筈なのに、いざ彼が銃を手にするとなると、技術面ではなく、彼の精神面に関しての不安があった。

「お前みたいな命令違反《いはん》ばかりする部下がいたら、上官は辛《つら》いだろうな。大体、拳銃《けんじゅう》しか持ってないいんじゃなかったのか？」

「そっちはアジアルートを使って、今取り寄せ中だ」

「そのルートを、是非《ぜひ》詳《くわ》しく聞きたいな」

「ハルキの願いは全部叶《かな》えてあげたいけど、秘密がある関係の方が色気があると思わないか？」

昨日の悄然《しょうぜん》とした姿が嘘《うそ》のような笑みだった。昼と夜とでは印象の異なる男に、多くの女性が騙《だま》されたのだろうな、と想像した。昨夜、甘やかしてしまった俺が言えた義理ではないが。

「大佐が来日するのは？」

粘《ねば》っても答えないだろうと思い、仕方なく質問を変える。

「四日後だ。だから早速《さっそく》、ポイントを探りに行こう」

エリアスは砂を、手の中でぽんぽんと上に投げながら口にした。

ホームセンターを出た後、彼の希望で昼食を取るために和食店の個室に入る。

注文を終えた後で携帯端末《けいたいたんまつ》を使って、ホテル周辺の地図を表示すると、エリアスはそれを見ながら「結構周辺にはビルがあるんだな」と、面倒臭《めんどうくさ》そうに言う。

「狙撃には適してるな」

「そうでもない。ビル風の影響《えいきょう》は予想できないんだ。それに死んだベックと違《ちが》って今回の対象は窓辺には近づかないだろうし、任意のホテルの部屋に呼び出すこともできない」

「じゃあ、どうするんだ？」

「仕掛けるなら移動中しかない。ラタストクなら、タイヤか運転手を撃《う》ち抜《ぬ》いた後に、手榴弾《しゅりゅうだん》をフロントに投げつける。それで慌《あわ》てて出てきたところを狙撃する。因《ちな》みにロケットランチャーなら、手榴弾は必要ない。でもあれは狙撃ポイントが簡単に特定できるし、狙撃手なら使いたがらないね」

「そういうものなのか？」

「プロの料理人が手料理を披露《ひろう》するときに、冷凍食品《れいとうしょくひん》を出すようなものだ。プライドに関《かか》わる」

エリアスは普段《ふだん》から分かり難《にく》い喩《たと》えを使うが、それは何となく分かる。素人《しろうと》でも一発で殺せるような武器を使うのは、矜持《きょうじ》に反するということだろう。

「特にゴーストは、技術を誇《ほこ》りたがってるから余計だ。勿論今回も長距離射撃《ちょうきょりしゃげき》を望むだろうな。まず車を停車させる。車内で狙撃を受けた際は、迎《むか》えか応援《おうえん》が来るまで車から出ないのがセオリーだ。だから予《あらかじ》め付近に仕《し》掛《か》けておいた爆弾《ばくだん》を爆発《ばくはつ》させて、逃《に》げ出す相手を狙撃するな。でも煙《けむり》や爆風《ばくふう》は狙撃の邪魔《じゃま》になるから、出来れば小規模のやつがいい」

エリアスが飄々《ひょうひょう》と口にしたときに、丁度障子が開いて着物姿の店員が頼《たの》んだ料理を持ってくる。彼女が立ち去ってから、テーブルの上に並んだ料理を見て。エリアスは嫌《いや》そうに「これにもこの緑の奴がつくのか」と言った。視線の先には、抹茶《まっちゃ》塩がある。

「それは青のりじゃない。茶葉を粉にして塩と混ぜた物だ」

「あんたらはなんでも粉にして食い物にかけたがるな」

確かにふりかけや粉末の胡麻《ごま》、きなこ、鰹節《かつおぶし》粉のことを考えると反論しにくいが、釈然《しゃくぜん》としない気分でエリアスに天ぷらの食べ方を教えながら、食事を終える。

エリアスは俺の二倍の量の食事を終えると、端末を弄《いじ》ってホテルから基地までの衛星写真をじっくりと見ていた。そうやってしばらく画面を眺《なが》めてから「この辺りに行きたい」と口にする。

指を指されたのは高速道路の降り口の近くだった。

「大佐は厨子基地からホテルに移動する。ろくに警戒《けいかい》していないから、ルートは予備を含《ふく》めて二つしかない。恐《おそ》らくはこのルートを通る」

エリアスの指先が地図の道路をなぞる。爪《つめ》が意外にも整っていることに今更《いまさら》気付いた。

楽器を扱《あつか》うせいかもしれない。脳天気なこの男が扱うのは、銃よりも楽器の方が合っている気がする。その指が計画的に人を殺すためにあると考えると、実際に彼が銃を構えるところを射撃《しゃげき》場で見ているのに、酷《ひど》い違和感《いわかん》があった。

「狙撃手にはそれぞれ癖《くせ》がある。例えば、気に入ってる銃も人によって違う。所属している軍や組織で受ける訓練も微妙《びみょう》に違うから、それがそのまま癖になって出る。でも一番癖が出るのは狙撃ポイント選びだ。得意な角度や、得意な距離《きょり》は人によって違う」

エリアスは言葉を切ると、表示された地図を拡大して全方位が見えるように指先をくるりと液晶上で回してみせた。画面がくるりと回り、高速道路の周辺に聳《そび》えるビル群が次々に現れる。

「優秀な狙撃手ほど良いポイントを押さえる。それにこいつは高所からの狙撃が好きだ。厨子基地手前の高速から降りる出口の手前、一番油断しやすい場所で高いビルの上から狙撃する。

しかもこの地点は、車が減速するから撃ちやすい。高速の上じゃ、車を出ても逃げ場は限られてる。狙撃犯にとって好条件が揃《そろ》ってる。俺ならそこを狙《ねら》う」

そう言ったエリアスに促《うなが》されて、高速を車で流すはめになった。

一度通り過ぎては降りて、再び同じ道を走る。三度目に高速を走っているときに、エリアスが「狙撃犯が見てたらそろそろ不審《ふしん》がられるな」と言ったので、高速を降りる。

出口付近に並んでるビルはオフィスビルやマンションばかりだった。商業施設《しせつ》とは違って、出入りが困難だ。だから恐らくマンションをポイントにするのではないかと思ったが、エリアスは「民間のビルに侵入《しんにゅう》するのは大して難しいことじゃない」とあっさり否定する。

「それなら、あの辺りは？」

屋上に消費者金融《しょうひしゃきんゆう》の看板があるビルを指すと、エリアスは「狙い易《やす》すぎる。あんまり現場から近いと逃走《とうそう》するときに簡単に捕《つか》まる」と答えて、「野生動物が獲物《えもの》を狙うときと同じで、自分からは見えるけど、相手からは見えない位置が理想なんだよ」と付け足す。

「ただ防音壁《ぼうおんへき》があるから、離《はな》れ過ぎるとある程度高いビルからじゃないと、角度が足りなくなる。だけどそうなると弾丸《だんがん》の空気抵抗《ていこう》が増える。あれよりも、向こうのビルの方がいい」

確認《かくにん》するために路肩《ろかた》に車を停《と》めると、エリアスは３００ｍほど離れた位置にあるビルを指した。それほど高いビルではない上に、他《ほか》のビルに阻《はば》まれて全体像は見えない。

「高さも距離も丁度良い」

端末に表示した地図に、マークしていく。周囲を車で流しながら、同心円上にマークを増やした。いくつか出そろってからは、実際にそのビルの近くまで車を近づけた。半分以上はオフィスビルだったが、出入りが厳しそうなところもあれば、無人なのかと思えるほど静かなビルもある。

「潜伏《せんぷく》場所の目星がついたなら、次は？」

俺の質問にエリアスは「仕返しの準備だ」と答えて、銃を取りに行くために別行動を申し出た。俺の同行を拒《こば》むということは、例の女性から入手するわけではなさそうだ。

「お前を行かせていいのか、判断に迷うな」

駅前でおろすときにそう言うと、エリアスは「何かあったら全部俺の独断ってことで、責任をこっちに押し付けるためにも知らない方がいい」と笑った。

エリアスが夜までには帰ると言ったから、俺はその間警視庁に顔を出した。相変わらず嫌みを言われながら書類仕事を終えて帰宅するときに、携帯が鳴る。

見覚えのない番号に眉《まゆ》を寄せてから応じると、電話の相手は以前一度だけ基地で会った将軍だった。今回の事件の話なのは間違《まちが》いないが、人を介《かい》さずに掛《か》かってきた電話に驚《おどろ》きながら用件を尋《たず》ねる。

『ハッピーが企《たくら》んでいることを教えて欲しい』

単刀直入の要求に、思わず「どういった意味でしょうか」と問い返す。

『とぼけないでくれ。私は君よりも彼との付き合いが長いんだ』

だから彼が考えていることは分かるという口振《くちぶ》りで、将軍は「あれは大人しくしているときほど、面倒《めんどう》な事件を起こすんだ。狙撃《そげき》されて黙《だま》っているわけがない」と、断言する。

「狙撃が事実だったと思うなら、何故《なぜ》信じていないふりで彼を追い返したんですか？」

『狙撃手の存在が事実だと認めたら自分で対決したがるからな。あいつはまだ不安定だ。素性《すじょう》の分からない相手と戦わせたくない』

「犯人はゴーストだとエリアスは言っていますが」

『どういう推測かは知らないが、それは有り得ない』

将軍はそう言うと一度言葉を切ってから「一年前の大使館員拉致《らち》事件を知っているか？」と問い掛けてきた。いきなり変わった話題に戸《と》惑《まど》いながら「ええ」と答えると、将軍は「我が国の大使館員が現地の反政府軍に拉致され、拷問《ごうもん》にかけられた。その救出作戦にハッピーを参加させた」と続ける。

『あいつはあのとき、一発も撃てなかった。幸いにも、他の優秀《ゆうしゅう》な兵士達のお陰《かげ》で作戦は成功した。あいつは作戦の開始から終わりまで、ずっとファインダーを覗《のぞ》き込んだまま、微動《びどう》だにしなかったそうだ。一見まともに見えても、あれはまだ使えない』

その台詞《せりふ》に昨夜震《ふる》えていた男の姿が瞼《まぶた》に浮《う》かぶ。

『恐らく、自分の命に危険が迫《せま》ってもあいつは撃てない』

将軍の台詞を聞いて、ぞっとした。無意識に携帯を握《にぎ》る手に力が入る。エリアス本人も撃てるかどうか分からないと言っていた。なのに考えもなく、彼を狙撃手に相対させようとしていた。実際に敵を前にしたときに彼が引き金を引けなければ、その時点で何もかも終わる。

「では、狙撃手への対処はそちらでしてくださるんですか？」

問い掛けたときには、答えに拘《かか》わらず自分達がやろうとしていたことを教えるつもりだった。

自分の手柄《てがら》や彼の復讐《ふくしゅう》心を満足させることよりも、彼の安全の方がずっと大切だ。恐らく、エリアスは勝手に情報を流した俺を恨《うら》むだろうが、彼が撃たれて死ぬよりはましだ。

『ああ。そのためにも、そちらが握っている情報が欲しい。どうせエリアスの指示で、隠《かく》していることがあるんだろう？』

「彼の企みを教えるには、一つ条件があるんですが、いいですか？」

交渉《こうしょう》する手札がようやく手に入り、以前からしたかった質問をぶつけることにした。

『言ってみろ』

「レイクサイドの内容を教えてください。生き残りがどうして狙撃されているのかを」

『それはこちらの国の問題であって、君が知る必要のないことだ』

にべもなく切り捨てられるが、それも仕方ない。相手は同盟国の将軍だ。肩書《かたが》きは勿論《もちろん》それだけではない。在日海軍の在日軍統括《とうかつ》司令官に、アジア地域の統括責任者。対してこちらは一《いっ》介《かい》の警察官に過ぎない。仮に俺が同盟国の人間であっても、同様の対応をされただろう。

しかし相手が欲しがっている手札を持っているのは俺だ。

「教えて頂けないのでしたら、私からは何も言うことはありません。エリアスから聞き出したら如何《いかが》ですか？　彼はそちらの国の人間ですから」

俺の言葉に、将軍は一度黙ってから「いいだろう」と口にした。

『今から基地に来い。電話で話す内容じゃない』

その台詞に頷《うなず》いて、一時間後に向かうと約束した。電話一本で呼びつけられることに、不満を抱《いだ》かないでもなかったが、それよりも知りたい情報が手に入るという目先の餌《えさ》に食いついた。

車を飛ばして基地についたときは、宣言通り丁度一時間が経《た》っていた。いつものように一つ目のゲートを潜《くぐ》るための手続きをしていると、そこには既《すで》に将軍の部下が待っていた。初めて見る顔だったが、挨拶《あいさつ》もそこそこに向こうの車に乗せられて、第二のゲートを潜る。

案内されたのは、以前来たことがある建物の上階だった。案内係が部屋の前の男に敬礼した後で俺を引き渡《わた》すと、彼は早速《さっそく》ドアを開けて中に俺を通した。一人でここに来るのは初めてだ。

応接用のソファで待っていると、すぐに再びドアが開いて将軍が姿を現す。

「待たせたな」

「いえ、気になさらずに」

そう答えてから、ふと厳《いか》めしい顔のこの男にも暗号名が存在するのだろうかと考えたが、そんな軽口を叩《たた》きに、日本の治外法権にまで足を運んだわけではないことを思い出し、相手が本題を切り出すのを待つ。

「レイクサイドのことに関して、何が知りたい？」

将軍は向かいのソファにどかりと腰《こし》を下ろしてそう言った。

「知りたいのはその作戦の詳細《しょうさい》と、何故生き残りが次々と狙われるかについてです」

黙ったまましばらく俺を見つめていたが、胸元《むなもと》から煙草《たばこ》を取り出すと「君が上に報告できるような話じゃない。他言されても困る」と釘《くぎ》をさした後で「レイクサイドには二つ目的があった。一つは捕虜《ほりょ》の奪還《だっかん》と救出、もう一つはスパイの処分だ」と将軍は言った。

「救出チームの一人に対して、東ラタストクの作戦に関する情報漏洩《ろうえい》の事実があり、海軍情報局の方からの要請《ようせい》で捕虜奪還時に該当《がいとう》者を処分する予定だった」

その言葉に思わず瞬《まばた》きをしながら「その該当者がゴーストですか？」と尋ねる。

将軍は肯定《こうてい》しなかったが「随分《ずいぶん》と抵抗されてね、激しい戦闘《せんとう》になった結果、奪還作戦は中途《ちゅうと》半端《はんぱ》な結末を迎《むか》えた」と口にする。

「奪還作戦時に行う必要はなかったのでは？」

思わずそう尋ねたのは、俺にも指揮官として部下を動かしていた記憶《きおく》があるからだ。

複数のベクトルの異なる作戦の同時遂行《すいこう》が失敗に繋《つな》がり易《やす》いことは、誰《だれ》だって知っている。

勿論、将軍もそんなことは言われるまでもなく理解しているだろう。

「ゴーストを始末するには、戦場に連れ出すしかなかった。信望も厚く、実力もあったから不正を暴《あば》いたとしても、不名誉《ふめいよ》除隊が関の山だ。その上、万が一除隊すればどうでるか分からない。表だって狙撃手を敵に回したい奴《やつ》はいない」

ふとエリアスが谷原に射程圏内《けんない》を教えたときのことを思い出す。屈強《くっきょう》な軍人とはいえ、いつ飛んでくるか分からない弾丸に怯《おび》える生活は嫌《いや》だろう。いっそ、そんな危険がないように存在自体を消してしまおうと考える心理は理解できる。勿論、共感はできないが今はそれを非難する気はなかった。

「つまり彼は、チームの仲間に殺されかけた」

俺の台詞に将軍は「殺されかけたではなく、殺した」と答える。

「証拠《しょうこ》もある。少なくとも、それを見ればゴーストが引き金を引けない体になったことは分かる」

その台詞に嫌な想像をして無意識に眉が寄った。仲間に裏切られた上に、そんな仕打ちを受ければ彼が復讐のために生き残った連中を殺したいと思うのは、少しも不思議ではない気がした。尤《もっと》も、スパイ疑惑《ぎわく》が事実であるなら、先に仲間を裏切ったのは彼の方だが。

「ただ彼には一時期狙撃手養成のための訓練を任せていた。彼の下《もと》で訓練された狙撃手は二通りだ。優秀な狙撃手として活躍《かつやく》するか、軍を去るか。ただ軍を去った者の中にもゴーストの信《しん》奉《ぽう》者は多い。まるで宗教の教祖のように、彼を崇《あが》めている連中がたくさんいた」

将軍は話し終わると、この話が何の代償《だいしょう》だったのかを俺に思い出させるように、こちらに視線を向けた。彼の目は素朴《そぼく》な茶色だったが、恐《おそ》らくエリアス同様に色々な物を見てきたのだと思える、厳しさを秘《ひ》めていた。

たった二度しか会ったことのない相手だが、打算的だとしても彼がエリアスの身の安全を危《き》惧《ぐ》しているのは充分《じゅうぶん》伝わってきた。だから訊《き》かれるままに、エリアスと俺の計画を将軍に教えた。

将軍は俺が話し終えると、満足したように長い息を吐《は》き出した。それを見て「狙撃手として使えないなら、彼を解放すべきではないんですか？」とつい、気になっていたことを尋《たず》ねる。

「南の国での生活に満足しているのですから、軍属を解いたら如何ですか？」

気を付けていたのに、つい非難するようにそう口にしてしまったが、将軍は気分を害した様子はない。かわりに思い違《ちが》いをしている子供の間違《まちが》いを正すような顔で、俺を諭《さと》した。

「虎《とら》は爪《つめ》を失っても猫《ねこ》にはならない。狼《おおかみ》は牙《きば》を失っても犬にはならない。あいつが大人しく犬や猫になるというなら、放《ほう》っておこう。でも傷が癒《い》えたら、あれは再び銃《じゅう》を手にする。そのときに、味方でなくては困る」

エリアスにどう説明すべきか、帰宅しても考えつかなかった。

彼は酷《ひど》く怒《おこ》ると同時に落胆《らくたん》するだろうと想像して、陰鬱《いんうつ》な気分になったが、自分のした行動が間違っているとは思えなかった。弁明する気はなかったが、悪意がなかったことだけは伝えるべきだと思っていた。

しかし、言い訳なんて考える必要はなかった。その日、エリアスは帰宅しなかった。

連絡《れんらく》を取ろうにも、彼の携帯《けいたい》番号は不通になっていたし、探す当てもない。

まんじりともしないで不安を抱きながら朝を迎えた。寝不足《ねぶそく》と気がかりを踵《かかと》に引きずりながら出勤した。仕事はろくに捗《はかど》らなかった。

またどこかのホテルで縛《しば》られている様を想像する反面、ゴーストと何かあったのではないかと、権限を利用して救急通報で病院に運ばれた外国人の情報を集めたりした。

午後になって、我慢《がまん》できずに外に出たところで、ようやく携帯が鳴る。それはまた見知らぬ番号だった。期待を籠《こ》めて通話に切り替《か》えると、相手は将軍の秘書官だった。落胆と同時に不安が膨《ふく》れ、エリアスに何かあったのではないかと、彼の言葉に慎重《しんちょう》に耳を澄《す》ませる。

『エリアス・ベックは体調不良でこちらの基地内の病院に入院しています。そのため、そちらの捜査《そうさ》には、もう協力できなくなりました』

素っ気ない口調でそう告げる秘書官に、思わず「犯人に襲《おそ》われたんですか？」と硬《かた》い声で尋ねる。しかし秘書官は「いいえ、病気療養《りょうよう》です。これは将軍の意向です」と平然と否定した。

それを聞いて、事件に巻き込まれたわけではないのだと理解する。

昨夜の俺の話を聞いて、将軍は早速手を打ったのだろう。

『捜査にご協力いただいたお陰《かげ》で狙撃《そげき》犯も捕《つか》まりましたし、もうアドバイザーは必要ないと判断させて頂きました』

「エリアスと話はできますか？」

そう尋ねると、電話の向こうの秘書官は実に無機質に「出来かねます」と答えた。

勿論体調不良は嘘《うそ》だろう。以前パラオのビーチから唐突《とうとつ》に拉致《らち》されたように、今回もどこかで拉致されたのかもしれない。

「彼の私物が部屋にあるのですが」

駄目《だめ》押しに食い下がれば、秘書官は私物の中身も確かめずに「破棄《はき》して頂いて構いません」

と口にすると、あっさりと通話を切った。あまりにも急な事態に苦い気持ちになる。

このまま永遠に別れるのは寂《さみ》しすぎる気がした。しかし今になって、俺はエリアスのことをろくに知らないと気付く。せいぜい知っているのはその本名と愉快《ゆかい》な渾名《あだな》、出身地だけだ。

こんなことならパラオの連絡先か、せめてカウンセラーの名前ぐらい聞いておくべきだった。今のままでは、連絡を取るための手段も何もない。

「あいつが連絡を取りたいと思わない限り、これで終わりか」

しかし計画を勝手にばらした俺をエリアスは許すだろうか。もう関《かか》わりたいとも思えないんじゃないかと思い、嫌な気分で車に乗り込む。

その際に後部座席に置き去りにされた、白い水槽《すいそう》用の砂が目に入った。

熱帯魚用のそれを見て思わず溜息《ためいき》が漏《も》れた。そこらに捨てても良かったが、何となく動かす気になれなかった。秘書官に告げた通り、部屋にも彼の私物が僅《わず》かに残っている。

別れた日に着ていなかった方の服もあった。それからあのマネークリップも。

「こんなの置いていかれても、捨てられないだろ」

恨《うら》み言めいた呟《つぶや》きを漏らして、クリップをスライドさせて刃《やいば》を出してみる。

あまり使われた形跡《けいせき》のないそれは、綺麗《きれい》な鈍色《にびいろ》に輝《かがや》いていた。今まで衣住食を提供してきた代わりに、これぐらいは貰《もら》ってもいい気がした。

そうやって痕跡《こんせき》を留《とど》めようとしている自分に呆《あき》れながらも、喪失感《そうしつかん》は誤魔化《ごまか》しようもない。自分で思うよりもずっと惹《ひ》かれていたことに、会えなくなって気付かされる。

「将軍に告げた判断は、間違ってなかったよな？」

誰もいない部屋で、言い聞かせるように呟いた。エリアスと捜査していた期間は日数にすると短い。その間で二度も彼と寝《ね》た。いや、たった二度か。

それだけでこんなにも気持ちが傾《かたむ》いていることが滑稽《こっけい》だった。今まで誰と寝てもこんな風にはならなかった。

やはり二度目は寝るべきではなかったと後悔《こうかい》しながら、彼が昨日寝ていたソファに座る。興醒《きょうざ》めするほど呆気《あっけ》ない幕切れだ。さよならの言葉もなく、俺の裏切りに関する弁明もできず、これから先の約束も何もない。

「こんなことなら」

こんなことなら二回も寝なければよかった。そうすればここまでの喪失感はなかった。自分でも驚くほどに、彼が突然《とつぜん》姿を消したことに落胆していた。

ソファに背中を付けて瞼《まぶた》を閉じる。

こんなことならもっと、瞼に焼き付くように彼の姿を見ておくべきだった。


「狙撃犯は無事に確保された」

エリアスがいなくなってから三日が過ぎた日、その一報を俺は警察庁の会議室で、谷原から直接告げられた。

「ご苦労だったな、宇田川。後は海軍犯罪捜査局から事情を聞いて、一連の事件を纏《まと》めて報告書を仕上げろ。この件はこれで終わりだ。犯人は条約に基《もと》づいて、早々に先方に引き渡《わた》す。それから今回の件が公《おおやけ》にならないよう、注意するように」

外務省の役人がこの場にいるせいか、やけに上司らしく命令する男に「はい」と答える。

実際に狙撃犯を確保したのは将軍の部下である同盟国の軍人達だが、彼らに逮捕権《たいほ》はないので、犯人を確保後に呼び出された警察庁の捜査員達が逮捕した。

俺はそのとき現場には呼ばれてもいなかった。結局、手柄《てがら》は全部元部下達が手にする。

俺の報告書も上に行くに従って書き換《か》えられる。一度楯突《たてつ》いた俺を谷原が再び優遇《ゆうぐう》することはないだろう。しかし、今はそんなことにはあまり関心がなかった。

ただ、一つだけ気に掛《か》かることがある。

「犯人はどこにいたんですか？　どんなやつでしたか？」

その質問には、谷原の横にいた元部下が答えた。彼は今回の逮捕で犯人に手錠《てじょう》をかけた。

「そちらの報告書に記載《きさい》しています」

個別に答えるのが面倒《めんどう》だという表情を向けられても、自分のかつての部下の態度に不満も感じなかった。顔の整ったその男が、俺の次に谷原の相手になるかもしれない可能性を思うと、同情すら覚える。ゲイじゃない相手でも、強引《ごういん》に手を出す男だ。長い付き合いで谷原の好みは把握《はあく》しているから、彼がいつ谷原の相手になってもおかしくない。

もしかしたらもうなっているのかもしれない。だとしたら気の毒だ。

「報告書を読んで何か分からないことがあれば、その時点で初めて質問を受け付けます」

まるで立場が逆転したかのように振《ふ》る舞《ま》うかつての部下に、苦笑《くしょう》する。

降格はしたが、彼との上下関係はない。しかし彼が谷原に可愛《かわい》がられているなら肩書《かたが》きに差ができるのも時間の問題だろう。だとしても興味はないが。

「わかりました」

小さくそう答えて椅子《いす》から立ち上がったときに、ふと「会談はうまくいったんですか？」と役人の方に尋ねる。

「いえ、会談は明日に延期しました。何にせよ、これで一安心です」

「そうですか」

そう答えると、谷原から役人の手前、形だけ労《ねぎら》われる。

「報告書には恐《おそ》らく書いてないでしょうから、一つだけお伺《うかが》いしたいんですが」

そう言って元部下を見ると、彼は面倒臭《めんどうくさ》そうな顔を隠《かく》そうともせずに「何か？」と先を促《うなが》す。

「犯人の指は全部揃《そろ》っていましたか？」

「は？」

予想外のことを訊《き》かれたという顔で、元部下がぽかんと口を開ける。

「手の指です。手錠をかけたなら、わかると思いますが」

「揃っていましたが、それが何か？」

元部下は、俺の真意が分からないという様子で谷原をちらりと見た。食言する気はなかっただろうが、予想外の質問に思わず答えてしまったという顔をしている。

けれども勿論《もちろん》谷原だって、その質問の意味なんて分からないだろう。ゴーストの指が全《すべ》て揃っていないという話を将軍から聞いたのは、俺だけなのだから。

「いえ、そうですか。それならいいんです。報告書は期日までには仕上げます」

会議室を出ると、以前目をかけていた別の部下が向かいから歩いてきた。軽く会釈《えしゃく》するように頭を下げられたが、その目には明確な同情が浮《う》かんでいた。

消化試合ですら、勝利を収めることが出来なかった俺を憐《あわ》れんでいるのかもしれないが、つい数日前までは執着《しゅうちゃく》していた出世に、もはや興味はなかった。

「将軍の言う通り、ゴーストはいなかったのか」

将軍が正しくて、エリアスは間違《まちが》っていたことを残念に感じた。けれどまだどこかにエリアスの言うことを信じたい気持ちがあった。それが感情面からなのか、それとも警察官としての勘《かん》なのか、自分でも分からない。つい気になってエレベータに乗ってから、手にした報告書を捲《めく》る。

犯人を確保したのは、エリアスがピックアップしたビルではなかった。住所を端末《たんまつ》に入力して地図を表示させると、画像が出てきた。見覚えのある消費者金融《しょうひしゃきんゆう》の看板を見て、違和感《いわかん》が膨らむ。

あのときエリアスは「近いけど捕《つか》まり易《やす》いから適さない」と答えていた。同時に「車の狙撃は難しい」とも言っていた。だとしたら、ある程度腕《うで》の立つ狙撃手《そげき》に違《ちが》いない。そんな狙撃手が、素人《しろうと》が選びそうな場所から狙撃するとは思えなかった。

「ダミーじゃないのか？」

無意識に自分の口から漏れた呟きに、はっとする。狙撃手として捕まったのが、ゴーストの信奉者なら、本物はまだ狙撃のチャンスを狙《ねら》っているんじゃないかと思えた。

昨日逮捕されたばかりなのだから、報告書は簡素なものだった。日本側の取り調べが、引き渡しの事を考えてそれほど時間をかけて行われてはいないせいもあるが、動機も何も語られてはいない。不自然だった。彼の行為《こうい》が崇拝《すうはい》していた仲間を殺されたことへの復讐《ふくしゅう》なら、もっと騒《さわ》ぎ立てるだろう。何せ、その復讐は失敗に終わってしまったんだから。あとは世間に全てを暴露《ばくろ》して、世間から糾弾《きゅうだん》して貰うしか彼が大佐《たいさ》に復讐する術《すべ》はない。

彼が主犯なら、沈黙《ちんもく》している理由がない。だけどもし彼がダミーなら、話は別だ。狙撃手が捕まったことで、恐らく大佐は安心しているに違いない。将軍もそうだろう。

「それが狙いか」

思い至った瞬間《しゅんかん》、逸《はや》る足取りで庁舎を出ていた。だとしたら、明日こそが本番だ。一度、警視庁に戻《もど》ってから、保管庫から拳銃《けんじゅう》を持ち出す。その際に久し振《ぶ》りにショルダーホルスターに腕を通した。警察学校で初めて銃《じゅう》を手にしたときのことを不意に思い出す。

これを明確に自分の手で使うことを考えたら、ずしりと重みが増した。

ふと部屋を出るときに、数人の刑事《けいじ》が目に入る。彼らに協力を頼《たの》んでビルに向かうべきだとも思ったが、どうせ笑われるのがオチだろうと諦《あきら》めた。それに俺自身、半信半疑だ。

将軍に話したところで、信じて貰えるとは思えない。捕まった奴《やつ》が真犯人とは思えないなんて、ゴーストのことも捕まった奴のことも知らない俺が言ったところで、信憑性《しんぴょうせい》は薄《うす》い。

こんなときにエリアスがいればと思ったが、彼がこの国を出ていく原因を作ったのは俺だ。

「いや、いないほうが良かった」

彼が撃《う》たれる様を想像したら、自然とそう呟《つぶや》いていた。

自分は撃てるだろうかと思いながら、銃弾《じゅうだん》を籠《こ》める。ライフルを持った狙撃手の逮捕に、拳銃だけを武器に向かうなんて、自分でも馬鹿《ばか》げていると思った。

勿論、一人で戦う気はない。相手の姿が確認《かくにん》できささえすればいい。銃を持っていたら、それを理由に応援《おうえん》を呼べる。拘束《こうそく》も可能だ。見付けるだけでいいと、自分に言い聞かせる。

エリアスが候補に挙げたビルのうち、どのビルに行くべきかは分からなかった。

片っ端《ぱし》から回ろうと考えたときに、ふと助手席に置かれた白い砂が目に入る。

『こいつは高所からの狙撃が好きだ』

不意にそう言っていたのを思い出して、地図を再度確認する。見て回ったときに、改装中の高いビルが一つあったのを思い出す。工事の人間の出入りはなく、ビルを覆《おお》うようにすっぽりとカバーがかけられていた。あれならビルの中から外は見えるが、外からは見えない。

そこが一番良い条件だった。ピックアップされた場所はたくさんある。一分一秒が惜《お》しくて、アクセルを踏《ふ》んでそのビルに向かう。午後六時を過ぎて、帰宅時間帯のせいで道は混《こ》んでいた。

ナビを起動させて裏道を選び、車を走らせる。段々と夕闇《ゆうやみ》が迫《せま》ってきていた。明日の朝までに全てのビルを確認することができるだろうかと、気ばかり焦《あせ》る。

ようやく目的のビルが見えたとき、急に心臓が大きく音を立てた。空振《からぶ》りになることも覚悟《かくご》していたが、同じぐらい犯人と鉢合《はちあ》わせることも覚悟していた。車を降りる前に、もう一度弾丸《だんがん》が装塡《そうてん》されていることを確認する。

両足を開いて、肩《かた》の力を抜《ぬ》く。腕を垂直に、と学生時代に習った知識を思い返す。命中率はそれほど低くはなかった。それでも人を撃ったことはない。人を撃とうとしたことも。

ホルスターに銃を差し込んで、ビルからの死角に停《と》めた車から降りる。

車を降りた瞬間から、見られているのではないかと疑心暗鬼《ぎしんあんき》に陥《おちい》った。自ら銃を手に現場に出るのはひどく久し振りだった。

――エリアスと一緒《いっしょ》だったときは、簡単なことに思えたんだけどな。

彼はいつも飄々《ひょうひょう》としていたし、「撃てるかどうか分からない」と言いながらも、自分の技術に関しては疑いを持っていなかった。そんな彼の自信に、俺も影響《えいきょう》を受けていたのだろう。

ビルの入り口で、そっと深呼吸した。充分《じゅうぶん》に警戒《けいかい》しながらドアに触《ふ》れると、ドアの鍵《かぎ》は開いていた。硝子《ガラス》を割らずに済みそうだ。

どの階からの狙撃が適しているのかまではエリアスに聞いていないから、注意しながら一階一階、慎重《しんちょう》にフロアを見て回った。工事中なのは内装もらしく、階によってはケーブルまで剝《む》き出しになって天井《てんじょう》から垂れ下がっていた。

――人気《ひとけ》がないから、予《あらかじ》め準備するには打ってつけの場所だな。

剥き出しのコンクリートの壁《かべ》に背中をつけ、フロアの気配を探《さぐ》っては誰《だれ》の気配もないことに安堵《あんど》する。極度に緊張《きんちょう》していたが、三階、四階と肩すかしを食って、ほんの少しだけ気が緩《ゆる》んだ。すぐにそれではいけないと意識を引き締《し》める。

今回の事件の被害者《ひがいしゃ》の部屋は壮絶《そうぜつ》だった。血の飛び散ったカーペットや壁を思い起こし「あはなりたくない」と自分を戒める。

いつ銃弾が飛んでくるかも知れないと思えば、自然と足取りも慎重になる。吐《は》き出す息さえ耳障《みみざわ》りで、唾《つば》を飲むにも慎重になる。けれどこのビルにばかり時間をかける余裕《よゆう》はない。時計に目を落として、ペースを上げるべきだと、ほんの少し足取りを速める。

十八階は十七階と同様に内壁《ないへき》が壊《こわ》されていた。床《ゆか》には無造作に建築資材が積まれている。石膏《せっ》《こう》ボードや細い鉄骨が、部屋の一部に死角を作っていた。けれど誰の気配も感じなかった。油断もしてはいなかったはずだ。充分すぎるほど注意深く部屋に入った。石膏ボードの陰《かげ》を確認するために、銃を構えたまま近づいた。

近づくほどに死角は狭《せば》まり、その向こうに有る物が目に入る。そこにあったのは作業台だった。何の変哲《へんてつ》もない台だ。それを確認して踵《きびす》を返そうとした瞬間に、項《うなじ》がぞわりとした。

一瞬遅《いっしゅんおく》れて、背後で空気が揺《ゆ》らぐ。

しかし振《ふ》り返るよりも早く、何か硬《かた》い物で頭を殴《なぐ》られて、俺はその場で呆気《あっけ》なく意識を手放した。

最初に飛び込んできたのは、黒い色彩《しきさい》だった。徐々《じょじょ》にぼやけていた輪郭《りんかく》が形を成《な》してきて、それが男物の靴《くつ》だと分かる。最初は、ただぼんやりと見ていた。

その足が僅《わず》かに動いたのを見て、ようやく状況《じょうきょう》を理解する。

身動《みじろ》ぎしようとした瞬間に、腕が痛んだ。両手を後ろで縛《しば》られた状態で床に転がされているのだと気付き、この最悪な状況に一人で乗り込んだ自分を恨《うら》む。

「クラウニングのオートか。こんなオモチャで何をしに来たんだ？」

その声に何とか顔を上げて、男を見る。ぎっちりと肌《はだ》に食い込む布の質感と、首元の違和感とで、手首を縛《いまし》めているのが自分のネクタイだと分かった。最近、俺のネクタイは不運続きだ。

尤《もっと》も、俺はネクタイ以上に不運だと、傍《そば》に置かれた一斗缶《とかん》に気付いて思う。先程《さきほど》までは、そんなものは部屋の中になかったから、男が持ち込んだのだろう。何が入っているのか、訊《き》かずとも分かる。もし万が一ここで俺が焼け死んでも、恐《おそ》らく周囲は自殺の線で納得《なっとく》するだろう。

そんな事を考えていると、空気を切る音がして目と鼻の先のコンクリートが弾《はじ》ける。

破片《はへん》が額を掠《かす》めた瞬間に、床に弾丸がめり込んだ。男が撃ったのだと理解するまで、数秒を要したのは、あまりにもあっさりとそれが発射されたせいだ。

「お前はどっちの国の人間だ？」

その質問に、目だけを動かして男を見た。答えずにいると、不意に胸座《むなぐら》を摑《つか》まれて引き上げられた。

「う」

反射的に漏《も》れた自分の声を聞いた途端《とたん》に、頭が酷《ひど》く痛む。殴られたことを思い出した直後に、後頭部と肩を支柱の一つに打ち付けられる。ごつ、と骨とコンクリートがぶつかる音が耳の奥で響《ひび》いた。酷い痛みに反射的に睨《にら》み付ける。胸座を摑まれて持ち上げられたことで、視線の高さにそれほど差はなくなった。

「誰の命令で動いている？」

男は黙《だま》り込んだ俺の顎《あご》の下に、ぴたりと銃口《じゅうこう》を上向く形で押し付けた。万が一発射されたら口蓋《こうがい》を突《つ》き抜けて、脳を貫く角度だ。引き金を引かれたら、終わりだ。

あれほど慎重に行動していたはずなのに、気付けば背後を取られて気絶していた。恐らく男は柱の陰に隠《かく》れて、飛び出すタイミングを計っていたのだろう。まんまとやられた自分を情けなく思いながら、皮膚《ひふ》を突き破りそうなほど強く押し付けられた銃口の痛みに顔を顰《しか》めて「俺はこの国の警察だ」と答えると、痛みが消えた。

けれども男は照準は外さずに「何故《なぜ》ここが分かったんだ？　ハッピーはどこだ？」と質問を重ねる。普段《ふだん》俺はエリアスを質問《しつもん》攻《ぜ》めにしていたが、他人から質問攻めにされるのはあまり気分が良くないと、今更《いまさら》気付く。

「以前彼がこの場所が怪《あや》しいと言っていたんだ。あいつはブラッド将軍に拘束されてる」

足元には近くのビルの看板のせいで、蛍光《けいこう》オレンジの光が差し込んでいた。脳天気なその色は、今の深刻な状況とは乖離《かいり》していた。

「じゃあお前一人か？　武器はオモチャだけで？」

馬鹿にするような男の台詞《せりふ》に「仲間は外にいる」と嘘を吐くと、男は大袈裟《おおげさ》な仕草で片方の眉《まゆ》を上げて「仲間が外に？　子供でも騙《だま》されない。狙《そ》撃《げき》手を出し抜けるのは狙撃手だけだ。お前の仲間じゃ無理だ」と笑う。

男は訊きたいことを訊いて満足したのか、不意に手を放した。お陰《かげ》で俺は再びコンクリートの床に崩《くず》れるはめになる。打ち付けた膝《ひざ》の痛みを無視して顔を上げると、男の指が視界に入った。右手の人差し指と中指は義指だ。色と質感が違《ちが》うから、すぐに分かった。戦場で敵の指を切るのは確認のためだ。持ち帰った指は、指紋《しもん》照合される。

「ゴースト」

襲《おそ》われたときから正体は分かっていたが、確信したことで無意識に彼の名前を口にしていた。男は意外そうな顔をした。俺が名前を知っているとは思わなかったらしい。

「ああ、やっぱりあいつはちゃんと俺だと分かってたんだな」

こんなときだというのに、彼は酷く嬉《うれ》しそうに笑ってみせた。いっそ無邪気《むじゃき》なその笑《え》みに鳥《とり》肌《はだ》が立つ。カウンセリングが必要なのは、エリアスよりもこの男の方だ。

笑顔になると、顔に刻まれた皺《しわ》が目立った。疲労《ひろう》が色濃《いろこ》く表れた顔や白髪《しらが》混《ま》じりの顎鬚《あごひげ》、砂のように乾《かわ》いた石のような質感の肌は、想像していたよりもずっと老《ふ》けていた。しかし目だけが爛々《らんらん》と光っていた。異様に瞳孔《どうこう》が開いて興奮しているように見える。

「何故わざわざエリアスを狙撃して、正体を知らせるような真似《まね》をしたんだ？」

「あいつなら分かると思ったからだ。俺の気持ちが」

「彼がやり返しに来るとは思わなかったのか？」

「引き金を引けないんだろう？　あいつは」

嘲《あざけ》るような台詞に、怒《いか》りを覚えて思わず睨み付ける。

「大佐《たいさ》を殺せば、死ぬまで追い掛《か》けられるぞ。折角《せっかく》、死んだと思われてるんだ。別の人生を生き直せばいい」

説得できる気はしなかったが、話し続けていないと殺されてしまう気がした。

男は「俺はもう死んでる。だけど完全に消える前に、残った仕事を片付けなくちゃな」と、急に茫洋《ぼうよう》とした目で口にした。

それから男は拳銃《けんじゅう》に視線を向けた。意思に反して体がびくりと揺れる。

すると男は優《やさ》しいとすら思える顔で「今は殺さない。折角だから、お前にも見せてやる。俺の最後の仕事だ。特別な席を用意するから、ちゃんと見ると良い」と微笑《ほほえ》む。

男は唇を閉じると、銃底《じゅうてい》で頭を殴ってきた。情けないことに、俺は何の抵抗もできず再度意識を手放した。

気が付いたのは、東側の空が黄色みを帯びて、西側の空が青と紫《むらさき》の薄《うす》い色合いになってきた頃《ころ》だった。頭痛を堪《こら》えていると、腕《うで》が痺《しび》れていることに気付いた。

石膏ボードの奥にあった作業台には、先程まではなかった銃がセッティングされていた。以前エリアスが射撃場《しゃげきじょう》で特定した物と似てはいたが、あのときの物より銃身《じゅうしん》が長い気がする。銃口の先にあった防塵《ぼうじん》シートは一部が窓のように切り抜かれていた。

しかし銃はシートから離《はな》れた位置にある。そのせいで下からは銃身が確認《かくにん》できないだろう。勿論《もちろん》トリガーに指をかける男の姿も死角になる。向かい合った同じ高さの部屋からなら見えるかもしれないが、条件に合うビルは高速を挟《はさ》んで５００ｍ以上離れた場所にしかない。その距離《きょり》では、仮に誰かがこちらを見ても、銃として認識できないだろう。

男は慎重《しんちょう》にスコープを覗《のぞ》き込んでいたが、俺が起きたことに気付くと「刑事《けいじ》の仲間はまだ来ないぞ」と声をかけてきた。

返事をしようにも、口にはいつの間にか油の臭《にお》いのする、埃臭《ほこりくさ》い布が詰《つ》め込まれていた。

「今日は良い日だ。風も靄《もや》もない。白い車が通った。次はトラックだ」

俺に声をかけているというよりは、喋《しゃべ》らずには居られないようだった。

男は喋りながらも、微動《びどう》だにしない。今が朝の何時なのかは分からなかった。尤も時間が経《た》ったところで、このビルに人が来るとは思えない。部屋の中に積んである資材にも埃が積もっているし、その辺りの下調べは済んでいるだろう。

絶望的だ。声も出せない上に両手の自由は奪《うば》われている。しかも今度は足までプラスチックカフで縛られていた。

溜《た》め息混じりに視線を目の前の男に移したが、男はスコープを覗き込んだまま、まだ何かぼそぼそと話していた。段々と聞き取りにくくなっていく言葉は、もはや俺の知っている言語ではない。それは彼の母国語なのかもしれない。彼がどんな経緯《いきさつ》で仲間に殺されるはめになったのか、正確には知らない。だけど同情はできそうになかった。

「っ」

腕の痺れが耐《た》えられず、姿勢を変えようと体を動かす。男は振《ふ》り向きもしなかった。なんとか体の下から腕を出したときに、胸の重みに気付く。あの日、エリアスが忘れたマネークリップを、持ち歩いていることを思い出す。薄い刃《やいば》を持つそれは、スライドさせることでナイフに変わる。銃は取り上げられたが、それには気付かれなかったようだ。

男がこちらを見ていないうちに、身を捩《よじ》って胸ポケットの中身を外に出そうとする。しかし不恰好を承知で芋虫《いもむし》のように動いても、うまくいかなかった。何とか身を起こして、立てた膝をポケットの下に入れて押し出すようにして漸《よう》くマネークリップの頭が見える。視線だけで男を窺《うかが》うと、彼はまだ何か喋っていた。極力男の意識を引き付けないように、音を出さないことに集中しながら、それを慎重に腹の上に落とす。身を捩って縛られた後ろ手で何とかそれを摑み、指先でクリップをスライドさせた。

見えないせいで指を傷つけたのが分かったが、今はそんなことを気にしている場合ではない。滴《したた》る血を感じながら、まずネクタイを切る。跪座《きざ》して、ナイフを体の後ろに隠したまま、視線を男に固定する。

いつ振り向かれてもいいように、見えない位置で手を動かした。軍事用なのか、プラスチックカフはなかなか耐久性《たいきゅう》に優《すぐ》れていたが、ノコギリのように動かすうちに何とか切れる。

しかしぶつりと小さな音がしたとき、男がふっと顔を上げてこちらを見た。

心臓が、一気に速く動きだす。銃はどこにあるのかと視線を巡《めぐ》らせたが、見当たらなかった。

男が何かを言おうと唇《くちびる》を開いたのを見て、口の中に詰まっていた布を舌で押し遣《や》って吐《は》き出した。反抗的《はんこう》な態度に、男はずっとトリガーに掛けていた指を離《はな》した。

「何故、お前の渾名《あだな》は幽霊《ゆうれい》なんだ？」

銃が見当たらないなら、素手《すで》で戦うしかない。勝算はないが、逃《に》げ道もない。

男はやけに長い瞬《まばた》きをした後で「姿を見せない。音を立てない。捕《つか》まえられない」と口にして、立ち上がった。

「お前の上司のブラッドが、お前には幽霊ではなく負け犬の方が似合うと言ってた」

子供じみた挑発《ちょうはつ》をして、男を傍《そば》に呼ぶ。間合いは近づけば近づくほど、銃よりナイフが有利になる。反対に充分《じゅうぶん》に引き付けなければ、銃の方がナイフよりも遥かに殺傷能力が高い。

こんな場所で死ぬのは御免《ごめん》だ。俺がここで死ねばエリアスにまた一つトラウマが増える。

自惚《うぬぼ》れでなく、そう思った。

「俺は特殊《とくしゅ》部隊所属だ。ブラッドは俺の上司ではない。負け犬でもない」

「弟や仲間に危険な仕事を押し付けて殺したんだもんな。負け犬よりも相応《ふさわ》しい名前がありそうだ」

男の空気が変わる。表情に変化はなかったが、男が最後の仕事を終える前に俺を殺す決意をしたのは肌《はだ》で感じられた。男は無言で台の端《はじ》から俺の拳銃を取ると、一歩一歩近づいてくる。

もう少しだ、と思った。もう少し近づいてからだ。出来るなら先程《さきほど》のように男が俺の体に銃口を押し当てられる距離に近づくまでと、じりじりと待つ。

「血だ」

しかし男は手前で止まった。言葉の意味が一瞬《いっしゅん》分からなかったが、男は俺の足の辺りを見ていた。

「どうして血が出ている？」

手から落ちた血が、コンクリートに垂れたのだろう。先程、自分で思うよりも深く手を傷つけていたようだ。元々低かった勝算が更《さら》に低くなったが、仕方ない。

転がるように前に出て、手にしたナイフで男を下から斬《き》り付けたが、躱《かわ》される。不意打ちに賭《か》けていたが、一発目が外れた。間を置かずに間合いを詰めたが、腕を摑《つか》まれて台の上に俯《うつぶ》せに押し倒《たお》された。固定されているのか、彼がセットした銃は倒れなかったが、台はずれた。

そのことに男は嫌《いや》そうに顔を蹙《しか》めてから、俺の腕からナイフを奪うと部屋の隅《すみ》に放《ほう》り投げた。

「台無しだ」

男は憎しみの籠《こ》もった声で言って、俺の項《うなじ》に硬《かた》い物を突《つ》きつけた。それが銃口《じゅうこう》だと気付いた瞬間《しゅんかん》、身動きができなくなる。これで終わりか、と覚悟《かくご》した。

その瞬間、雲が切れたのか急に部屋が明るくなる。それに釣《つ》られるように顔を上げて外を見た。今日は男の言う通り良い天気だった。吸い込まれるような青い空が広がっている。

その空の下、遠くのビルの屋上で何かがきらりと光った気がした。

星のような小さな瞬《またた》きを見て、無意識に「エリアス」と彼の名前を呼んでいた。

「エリアス？」

男は訝《いぶか》しげに呟《つぶや》いてから「ハッピー」と、どこか呆然《ぼうぜん》とした顔で呟く。

その次の瞬間、俺は弾丸《だんがん》が空気を劃《さ》く音を聞いた。

「上の人間はひどいと思うね」

エリアスは初めて見る制服姿で愚痴《ぐち》っていた。黒地に金ボタンの凜々《りり》しい制服は一番上のボタンまで留められ、普段《ふだん》寝起きのままの髪《かみ》も、今日は整えられている。海軍と言えば白い制服というイメージがあったが、どうもそういうわけでもないらしい。それとも海兵隊はまた別なのか。

しかし本当に黙《だま》って立っていれば恐《おそ》ろしいぐらいに見栄《みば》えの良い男だ。

尤《もっと》も、感情のバイアスがかかっていないとは言い難い。

「上はどの国もそういうものだ」

エリアスは壁《かべ》に寄りかかりながら、俺を見る。顔には正《まさ》しく「待ちくたびれた」と書いてあったが、不意に何かに気付いたように表情を楽しげに歪《ゆが》めた。

「この聴聞会《ちょうもんかい》であんたの制服姿を見られたことだけは、良かったけどな」

にやついた顔で上から下まで視線を這《は》わせてくる相手を、「何を考えてるか分からないけれど、止《や》めろ」と咎《とが》める。折角《せっかく》見直したのに、早々に幻滅《げんめつ》したくない。

「俺が何を考えてるか、当てられたら止める。外したら、今夜は俺の想像通りに」

「当てても外したと言われそうだから、止めておく」

緊張感《きんちょうかん》のない男に呆《あき》れながら、きつく締《し》めた衿《えり》に指を入れた。彼が正装しているように、俺も正装している。

濃紺《のうこん》の制服にはエリアスの物と同じように金色のラインが入っている。俺はあくまで参考人ではあるが、正式な要請《ようせい》を受けて聴聞会に出席する以上は、正装する必要があった。

「あんたも大変だったのか？　命令違反《いはん》の単独行動で俺みたいにペナルティを科せられた？」

「いや、俺はそう悪くはなかった」

「狡《ずる》いな。そっちからうちの上の人間になんとか言ってくれよ」

エリアスは拗《す》ねた表情で呟き、もう一度こつんと壁に頭を押し付けて寄りかかる。

先日、エリアスはゴーストの眉間《みけん》を撃《う》ち抜《ぬ》いた。俺は背中に彼が倒れ込んで来た瞬間に、それを知った。一発だった。

そうして被疑者《ひぎしゃ》死亡で事件は解決した。しかし面子《メンツ》を潰《つぶ》された谷原は俺の単独行動を問題視し、大規模な査問会議を開いた。所属組織への報告義務を怠《おこた》って、同盟国側と秘密裏《ひみつり》に捜査《そうさ》したことの是非《ぜひ》を問うのが名目だった。ついでに同盟国のスパイ嫌疑《けんぎ》までかけられた。

外事の職員が金と引き替《か》えに情報を国外の人間に流していた前例もあるため、正直厄介《やっかい》なことになったとうんざりした。しかし査問会議は、普段無口で自分の成功にしか興味のない局長からの掩護《えんご》射撃《しゃげき》のおかげで、大事には至らなかった。

『宇田川をそもそも大佐《たいさ》の警備から外したことが間違《まちが》いだった。谷原、お前の判断ミスだ』

局長がそんな鶴《つる》の一声を発したことで、形勢が逆転した。局長からすれば、万が一これで大佐が殺害されていたら、余計な厄介事を背負《しょ》い込むところだった。そうなったらパワーゲームで失脚《しっきゃく》しかねない。野心家の局長に必要なのは、優秀《ゆうしゅう》な部下だ。尻拭《しりぬぐ》いが必要な部下は、何の価値もない。

『同盟国側からは、今回の件で宇田川に対して感謝の意を示されている。内部での聴聞会にも、君ではなく宇田川に出席して欲しいそうだ』

谷原が引きつった顔で黙り込んだのを、今でも覚えている。

局長はそんな部下をちらりと見てから、濁《にご》った笑《え》みを浮《う》かべると「今回はよくやってくれた」と口にして、俺を労《ねぎら》った。拍子抜《ひょうしぬ》けした気分で会議室を出た翌日、局長からは直々に『部長のポストがもうそろそろ空くだろうから、身綺麗《みぎれい》にしておけ』との電話があった。

予想外に谷原の席が自分の手元に転がり込んできた。何か裏がありそうだったが、何にせよ頭の上に谷原がいなくなることは歓迎《かんげい》すべき事態だった。それに谷原のポストに就《つ》けば、エリアスに便宜《べんぎ》を図《はか》っていた女性との約束も守れる。尤も、そうやって便宜を図ることで嫌疑を強めてしまう可能性はあったが、その手の取引は捜査のためにみんな行っている。

「犯行を食い止めたのに、一体なんのペナルティがあるんだ？」

「軍の命令違反は重罪なんだ」

「拉致《らち》されてた基地から勝手に抜け出したことを、怒《おこ》られてたのか？」

「基地じゃない。パラオだ」

エリアスの言葉は予想外だった。驚《おどろ》いていると彼は俺と別れた日からのことを話し始める。

「拉致された後は、基地からパラオまで連れて行かれたんだ。俺が解放されたのは、ゴーストの偽者《にせもの》が捕まってからだ。それですぐに銃《じゅう》を調達して、またこの国に戻《もど》ってきた」

「どうやって持ち込んだんだ？」

「愛の力で」

相変わらずふざけている男に呆れながらも、再びこんな風に話ができて安堵《あんど》していた。

「いいだろ？　愛があったから、ハルキを救えたんだ」

それを言われると、反論できなくなる。

「狙撃《そげき》ポイントに行ったら、ハルキが押し倒されてるからびっくりしたよ」

「……引き金は、引けないんじゃなかったのか？」

「そんなこと考えてる暇《ひま》なんかなかった。気付いたら、体が勝手に動いてた。正直、風速や距《きょ》離《り》を計算した記憶《きおく》もないんだ。ハルキが死ぬかもしれないと思ったら、引き金を引いていた」

エリアスは俺を見てそう言った。衣装のせいだけではなく、目を奪《うば》われそうになる。

つい、その柔《やわ》らかな髪に触《ふ》れたくなったが、エリアスはさっきまでの真剣《しんけん》な顔が嘘《うそ》のように

「だから褒《ほ》められこそすれ、叱《しか》られる覚えはない。なのにブラッドに二時間も説教された後は、海軍犯罪捜査局の連中から〝知っていたならなぜ報告しなかった〟って勝手なことを言われて、ついでに聞いたこともない部署の連中に銃を無断で持ち込んだ件でネチネチやられた」と拗ねる。

見た目は本当に良いのに、口を開いた途端《とたん》子供っぽくなるのは、相変わらずだ。

「さっきもその件で怒られていたな」

聴聞会は、既《すで》に何度も開かれているらしい。俺は今回初めて参加するが、エリアスは過去にも参加しているらしく、軍服や制服を着た偉《えら》そうな相手からの質問に「それはこの間も言ったと思いますが」や「この間、情報局の方に言ったんで彼から聞いてください」なんて鬱陶しそうに答えていた。その度《たび》に相手が苛立《いらだ》つのを見て、俺の方が気が気ではなかった。

「でも、軍人の犯罪になると、こんなに大袈裟《おおげさ》にやるんだな」

「対象が大物だからだよ。それにハルキはゴーストと接触《せっしょく》したから、あいつから何か聞かなかったか調べたいんだろうな。でも、いい加減退屈《たいくつ》だから止めてほしいよな。労いが足りない」

エリアスの言葉を聞いて納得《なっとく》する。先程の聴聞会で俺が色々な人間に質問される度に、エリアスは体育館で校長の話を聞く夏休み目前の小学生のように、退屈そうな顔で関係ない方向を見ていた。彼を管理する立場の人間には、同情を覚える。エリアスが実力を伴《ともな》っている分、余計にだ。

「だけど、まさかお前が日本に戻ってくるとは思わなかった」

「捕《つか》まったのはゴーストじゃないって聞いたからな。正直、大佐が殺されようがどうでも良かった。俺もわざわざ日本に引き返してまで復讐心《ふくしゅうしん》を満たそうって気持ちはなかったけど、あんたがいたから」

「将軍にお前の計画を喋《しゃべ》ったのは俺だ」

「そんなの、分かってる」

「信用してなかったわけじゃない。ただ……」

「それも、分かってる。あんたが優《やさ》しいのは知ってる。だから余計に、逃《に》げたくなかった。それにハルキは一人でも捜査を続けそうだと思ったら、いてもたってもいられなくなった。俺はハルキを守るために戻ってきたんだ。ちゃんと守れて良かった」

エリアスが得意げな笑みを浮かべる。子供にも大人にも見えるその顔に、胸の奥が甘く疼《うず》く。不意にエリアスの居ない部屋で感じた喪失感《そうしつかん》が蘇《よみがえ》った。そのせいで冷静さを失う。冷静だったら、こんな場所では言わなかった。

「もし、お前が好きでたまらないって言ったら、信じるか？」

そう尋《たず》ねると、エリアスが閉じていた唇《くちびる》をうっすら開く。普段はすぐに飛んでくる軽口が、今はなかった。驚きを隠《かく》そうともせずにいるエリアスに「さっきの妄想《もうそう》を現実にしてやったら、俺のものになるか？」と尋ねる。

エリアスはやけにゆっくり瞬《また》きしてから「ハルキは、そういうことを言わないと思ってた」と口にしてから、青緑の瞳《ひとみ》を輝《かがや》かせる。それを見て、ほっとした。無意識に握《にぎ》っていた拳《こぶし》を開

く。

査問会議でも聴聞会でも緊張《きんちょう》しなかった体が、強張《こわば》っていた。

いい歳《とし》をして自分の感情のままに相手を求めることがこれほど怖《こわ》いとは、エリアスに受け入れられたのがこれほど嬉《うれ》しいとは思わなかった。

「夢みたいだ」

「まだ区別が付かないのか？」

俺の台詞《せりふ》にエリアスは「酷《ひど》いな」と言って、腕《うで》を伸《の》ばす。抱《だ》き締められそうになったとき、ドアがノックされた。

「お二人とも、将軍がお呼びです」

ドアの向こうから、以前エリアスを跪《ひざまず》かせた軍人の声が聞こえる。どうやら協議が終わり、再び聴聞会《ちょうもんかい》の場に戻されるようだと分かり、エリアスはうんざりした顔で「いつ終わるんだ？これ」と案内役の軍人に問い掛《か》けた。

勿論《もちろん》俺達に分からないものが、ドアの前で警備している彼に分かるわけもない。

「早くしろ。俺が文句を言われる」

問い掛けたのが俺なら違《ちが》う返答だっただろうが、エリアス相手なのでぞんざいな答えが返ってくる。エリアスは溜息《ためいき》を吐《つ》いて俺から離れようとした。

それが何となく惜《お》しい気がして、手を伸ばして部屋の鍵《かぎ》を掛けた。カチリと音を立てて施錠《せじょう》されたのを聞いて、ドアの向こうの男が焦《あせ》り出す。

エリアスは声を立てて笑った後で「俺、あんたのそういう真面目《まじめ》に見えて実はそうでもないところ、結構好きだよ」と言った。

「結構程度か？」

「やらしいときにかわいくなるところはかなり好き。冷たく見えて実は優しいところは、愛してるよ」

エリアスはそう言うと、先程《さきほど》伸ばした手で俺を引き寄せて温《ぬく》もりを確かめるように首筋に顔を埋《うず》めた。


家に迎え入れた瞬間《しゅんかん》に口付けられて、思わず「性急だな」と文句を言うと「穏《おだ》やかな奴《やつ》がいいなら、三回目以降に期待して」と言われた。

一度で終わるとは思っていなかったが、始まる前からその次も明言されて、苦笑《くしょう》する。けれどその唇も、すぐに塞《ふさ》がれた。壁《かべ》に体を押し付けられて、逃げ場もなく貪《むさぼ》られる。

「エリア……っ」

「後で、さっきの制服着てみて。あれ、脱《ぬ》がすの凄《すご》く楽しそう」

エリアスとは別々に基地を出た。俺よりも勿論彼の方の聴聞が長く、仕方ないから先に家に戻って着替《きが》えてしまっていた。

どうせ後は食事に出掛《でか》けるだけだからと、スーツ以外の私服に着替えたら、駅前で再会したときにひどくがっかりされたのは、どうもそれが理由だったかららしい。

しかしそれはエリアスも一緒《いっしょ》だ。彼は今は基地内にホテルを取っているらしく、そこで私服に着替えてしまった。一緒に食事をとった最中に「今度は放《ほう》り出されなくて良かったな」と言ったら、「いいわけない。半ば軟禁《なんきん》だ。見ろよこの携帯《けいたい》、GPSで常に居場所を確認《かくにん》される上に、鳴ったら一分以内に出ないと強制送還《そうかん》されるんだって」と拗《す》ねた口振《くちぶ》りで答えた。

どうやら、今回の件で尚更《なおさら》彼は信用されなくなってしまったらしい。

尤《もっと》も、腕に関しては「勘《かん》を取り戻したようで何よりだ」と将軍は褒めていたが、どうやらまたパスポートは取り上げられたらしい。

「ん……っ」

子供みたいにがっつくなと言おうとした言葉は、彼の唇の向こうに消える。大きな口で舌を搦《から》め捕《と》られて、文句は全《すべ》てエリアスに飲み込まれてしまう。

服の中に入ってきた手が、腰《こし》から背中に上がるのを感じて思わず目を閉じると、部屋の電気が前ぶれなく消える。瞼《まぶた》を開くと暗くなった室内で、近づきすぎたエリアスの瞼がうっすら開くのが見えた。

無意識に彼の背中に回していた腕を解《ほど》いて、手探《てさぐ》りで玄関の灯《あか》りを点《つ》ける。

「見えなくなる」

そう口にした瞬間、エリアスの瞳が艶《つや》めくのが目に入り、ぞくりとした。

彼の美しい色を間近で見る機会を失うのが勿体《もったい》なくて、額にかかった髪《かみ》を指先で払《はら》ってやりながら「お前の顔が見たい」と告げると、目の前の男がふっと笑う。

その笑い方は、やけに大人びている。

「そうだな、俺も見ていたい」

その言葉が終わらないうちに、ベルトを解かれて下着のなかに手が入ってきた。

長い指が既に反応している場所を擦《こす》り、「あ」と声が上がる。手で慰《なぐさ》められながら上着を捲《めく》られて、彼の唇が胸の先を掠《かす》めた。

体中を触《さわ》られているのに、唇に触《ふ》れられていないことを寂《さみ》しく感じて、胸に埋められた彼の頭にキスを落とす。金色の髪は整えられた部分だけ硬《かた》くなっている。

整髪《せいはつ》料の硬さがいやで、柔《やわ》らかい場所を探すように指で髪に触れた。二回目をする前に、シャワーを浴びて、それでその硬さを洗い流してしまおうと決めながら、項《うなじ》に触れる。

「ん、ぁ」

敏感《びんかん》な部分を歯が掠め、指で先端《せんたん》を辿《たど》られると声を抑《おさ》えるのが難しくなった。

「もう、いい、早く」

先程彼をからかったのに、我慢《がまん》が出来ないのは自分の方だ。

「ハルキ」

掠れた声で名前を呼ばれて、堪《たま》らない気分で「早く、繋《つな》がりたい」と告げると、エリアスの指は濡《ぬ》れたまま腰を辿り、双臀《そうでん》の奥にのばされる。触れられた瞬間、肌《はだ》が粟立《あわだ》ったのは、この先に待つ快感を期待してのことだった。

願い通りに彼の指がその場所に触れて入りこんでくるのを感じて、膝《ひざ》が震《ふる》えた。

「痛くない？」

痛みはあったが首を振《ふ》る。そんなものはどうでも良かった。強請《ねだ》るように、指で彼の足の間に触れる。欲望《よくぼう》はもう充分《じゅうぶん》に服の内側で勃《た》ちあがっていた。三回目が始まる前に、口で触れてみたくなった。思わず想像して唇を舌で舐《な》めると、目の前にある森と海を混ぜたような深い色が、その濃《こ》さを増していくのが見える。

「痛くていいから、欲しい」

そう言うと、目の前の眉《まゆ》が苦悩《くのう》に歪《ゆが》むのが分かった。

「後ろ向いて」

彼の目が見られなくなるのは嫌《いや》だったが、望んだ物が与《あた》えられると思えば耐《た》えられた。二回目は絶対にその目を見ながらすると決めて、壁に手を突《つ》く。

すると彼の手が穿《は》いている服を下ろすのを感じて、たったそれだけで熱い吐息《といき》が漏《も》れた。

剝《む》き出しになった双臀を開かれて痛みを覚悟《かくご》したときに、硬くなった欲望ではなく舌が触れた。

「ゆ、ぁ」

思わずびくりと体が跳《は》ねると、ぬるりと唾液《だえき》を纏《まと》った指がそこに入ってくる。

「っ、ふ、ぁ」

指を動かされながら縁《ふち》を舐められて、過ぎた快感とこの状況《じょうきょう》に目眩《めまい》がした。

「や、め……っ」

「痛くするのは、嫌だ。俺も我慢するから、ハルキも我慢して」

年下の癖《くせ》に、宥《なだ》めるように腰の上に口付けられて、羞恥《しゅうち》で体が赤くなった。

自分がひどく焦っていたことを自覚させられて、今更《いまさら》ながら明るい場所でことに及《およ》んでしまったことが恥《は》ずかしくなる。壁の固さも、ここが玄関《げんかん》であることを思い起こさせて、余計に耐えられない気分で、目を瞑《つむ》った。

「赤くて、かわいいな」

熱に浮《う》かされたような声で、エリアスがそんなことを言うから、余計に恥ずかしさが膨《ふく》らんだ。赤い、というのが肌の色をさすのか、それとも指で開かれて舌で暴《あば》かれている内側をさすのか、分からなかった。

「も、う……やめ……っ」

「んー……、まだ俺の入らないよ、これじゃ」

吐息が肌にかかり、思わず額をごつりと壁に押し付けた。

「いれて、いい」

これ以上は耐えられないと思いながら口にした台詞はあっさりと無視されて、再びエリアスの舌が内側に入ってくる。柔らかいが意志を持ったそれに、理性も何もかもがぐずぐずに溶《と》けていくような気がして「頼《たの》むから」と悲痛な声が漏れる。

「エリアス、もう……我慢できない」

欲望故《ゆえ》ではなく、羞恥故の言葉だった。いや、もしかしたら両方かもしれない。しかしそれが快感故だとエリアスが誤解したとしても、彼を責められない。放っておかれた陰茎《いんけい》は、もう先端から潤《うる》み始めていた。

彼が舌を抜《ぬ》くと同時に、膝が崩《くず》れた。床《ゆか》の上にへたり込むと、彼が背後から覆《おお》い被《かぶ》さってくる。そのときに発熱してるような熱い肌が体に触れて、エリアスがひどく欲情《よくじょう》していることを教えられた。

肩越《かたご》しに振り返ると、似合わない我慢をしていたせいか、瞳《ひとみ》が鋭《するど》く光っていた。擦り付けられた彼の剥き出しの欲望も、俺と同じように潤んでいるのが分かり、こくりと唾液を飲み干す。先程まで穏やかだった手は、荒々《あらあら》しく俺の足を開いた。

その手の上に自分の手を重ねると、それを合図に彼の熱が体の内側に入ってくる。

「あ……ぁ、あ、っ……っ」

性急に、一番奥まで入りこまれて、息ができなくなるほどの衝撃《しょうげき》を覚えた。エリアスの余裕《よゆう》の無さを表すように、体が落ち着くよりも先に何度も深く突き上げられて、呼吸をするだけで精一杯《せいいっぱい》になる。

床の上で獣《けもの》のように這《は》いながら、背後から犯《おか》されるなんて他《ほか》の相手だったら許しもしなかった。だけどエリアスにそうされるのは、少しも嫌ではないどころか、こんな風に俺の体を求めて余裕を無くしている彼の姿が、嬉《うれ》しくすらある。だけど、やっぱり顔が見えないのが少し残

念で、それを紛《まぎ》らわせるように腰に触れる彼の手に片手で触れた。

もう片方の手は床について自分の体を支えていたけれど、揺さ振られるうちに肘《ひじ》からは力が抜けて、ただ投げ出される。

そのままがつがつと抉《えぐ》るように奥を突かれて、快感に紛れた頭で「いく」と口にすると、彼の手が胸を這い、頬《ほお》に口付けられる。背中と胸がぴたりと隙間《すきま》無く合わさり、その事に安堵《あんど》を覚えたときに、達していた。

「ん、っ」

一瞬《いっしゅん》体が強張《こわば》って、それからゆるやかに下降するように筋肉が弛緩《しかん》する。

しかし快感を逃《のが》しきる前に、何度か突き上げられて、思わず唇《くちびる》を嚙《か》んだ。

「エリアス」

名前を呼んだ瞬間《しゅんかん》、彼が内側で達する。その後で、ずるりと抜かれた。

達した筈《はず》なのにすぐにまた熱が溜《た》まりそうな体を持て余していると、抱《かか》えるように起こされてそのままベッドに連れて行かれた。

視線があったときに、彼の欲望もまだ醒《さ》めていないことに気付いて、思わずふっと笑うと、目の前の男が困ったようにまた眉を寄せた。

「そんな顔されると、朝まで離《はな》せなくなる」

「ああ、そうして欲しい」

そう言って、抱《だ》き寄せた男の唇を塞《ふさ》ぐ。彼の瞳を覗《のぞ》き込んでキスをしながら達したら、そのも両腕《りょううで》できつく抱き締《し》められながら、同時に体の一番深い場所で俺の名前を呼びながら彼も達してくれたら、きっと最高に気持ちがいいんだろうと考える。

ああ、でもそれは不可能だな、とエリアスの舌を吸いながら考えていたら「俺はあんたをもう他の誰《だれ》にも渡《わた》したくない」と、唇を離したときに言われた。

だからもう一度、先程《さきほど》と同じ台詞《せりふ》を口にする。するともう一度、彼が中に入りこんできた。

そして何度も、深く浅く突き上げられる。

そうなったらもう、俺に出来るのはただ彼の腕《うで》の中で鳴くことだけだ。

「ああ」

愛する相手に入りこまれるのがここまで幸福なら、愛する相手に入りこむのはどんな心地《ここち》がするだろうと、知らず知らずに閉じていた瞼《まぶた》を開く。彼の顔に表れる答えに満足しながら、吐息を吐《は》き出すと、エリアスが薄《うす》く笑うのが見えた。

突き上げられながら「もっと」と言えば、彼の笑《え》みはますます深くなる。

「もっと?」

「あ……ぁ、そう、おおきくて、すごくいい」

「いい?」

「いい、いい……、んっ、エリアス」

「ハルキ、後で全部意味を教えて」

もしかして口にしていたのは、自国の言葉だったのだろうか。段々と自分が何を話しているのか分からなくなっていく。だけど、彼が俺の言葉を分からない方が、今は良い。羞恥に唇を噛む必要もなく、頭の中にある欲望を伝えられると思ったら、今まで口にしたこともないような甘い言葉が唇から溢《あふ》れ出す。

けれど、もしかしたらエリアスは意味が分かっていたのかもしれない。

俺が想いを口にする度に、彼はとても幸福そうに、微笑んでいたのだから。

その後の二人

モニタに映る恋人《こいびと》はヘッドセットを着けると、音を立てて椅子《いす》の背凭《せもた》れに寄りかかった。

『おはよう、ハルキ』

疲労《ひろう》のせいか僅《わず》かに掠《かす》れた声に、「夜だけどな」と返す。

時差があるため、日本は深夜だ。俺も帰宅したばかりだが、新品の腕時計《うでどけい》は一時を指している。

「疲《つか》れてるのか？」

『夜間訓練あけだから。でももうすぐ帰れる。ハニーと同じ基地で働けるなんて楽しみだよ』

欠伸《あくび》を噛《か》み殺《ころ》すエリアスに「俺は、お前と会えるのが楽しみだ。四日後だったよな」と自分でも珍《めずら》しく素直に尋《たず》ねる。すると恋人は液晶《えきしょう》の中で、嬉《うれ》しそうに唇《くちびる》を歪《ゆが》めた。

聴聞会《ちょうもんかい》の後、エリアスは結局罰《ばつ》らしい罰は受けず、将軍の下で復職する事になった。現在は病気療養《りょうよう》から復帰するためのテストを兼《か》ねた訓練で、半年間の期限付きで本国に戻《もど》っている。

そのためここ数ヶ月、お互《たが》い忙《いそが》しい合間を縫《ぬ》って、一日数分程度しか会話していない。

『明日《あした》の試験にパスすれば、やっと日本に戻ってあんたに触《ふ》れられる。あんたを抱《だ》ける』

エリアスが切なげに言うからこちらまで釣《つ》られて、寂《さみ》しい気分で「そうだな」と頷《うなず》く。

すると調子に乗った男が「せめて映像だけでも、見せて」と不埒《ふらち》な要求をしてくる。

「……その手にはもう乗らないからな」

普段《ふだん》はバストアップしか映さないカメラに痴態《ちたい》を晒《さら》してしまったことを思い出し、睨《にら》む。いい歳をして馬鹿《ばか》なことをしてしまったことも、あからさまに彼に欲情《よくじょう》したことも後悔《こうかい》していた。

『この間はしてくれたのに』

「浅ましいから、もう二度としない。それに一人でしても、虚《むな》しいだけだからな」

前回の事はエリアスにも忘れて欲しい。会えない期間が長くて、あのときはどうかしていた。

『そんなことを言ったら、俺なんて毎日虚しい。あんたに会えないと幸せになれない』

口説き落とそうとしているのかと懸念《けねん》しながらも、彼の言葉は純粋《じゅんすい》に嬉しかった。

会えない間は言葉と思い出が頼《たよ》りだが、肝心《かんじん》の思い出が少ない分、彼を繋《つな》ぎ止めるために願いを何でも叶《かな》えたくなってしまう。しかしエリアスは、意外にもあっさりと要求を取り下げる。

『ごめん、もうそろそろ限界だ。眠《ねむ》くて、どうにかなりそうだ』

普段自分からは切ろうとしないが、今日は余程疲れているようだ。だから名残惜《なごりお》しい気持ちを無視して、通話を終了《しゅうりょう》しようとした。そのときエリアスが自分の唇に当てた二本の指を、モニタの中央に押し当てる。恐《おそ》らく、彼の画面ではそこに俺の唇があるのだろう。

『せめて夢で会いに行くよ。おやすみ』

陳腐《ちんぷ》な台詞《せりふ》が甘く掠れて、深く胸の内側に蟠《わだかま》る。真っ黒になった画面を見つめ、思わず指で彼が触れた辺りに触れる。しかし当たり前だが、指先に伝わるのは液晶の画面の感触《かんしょく》だけだ。

「俺もお前がいないと、幸せになれない」

エリアスと話したせいで高まった寂しさを慰《なぐさ》めるため、電気を消して寝室《しんしつ》に向かう。せめて言葉通りに来てくれればいいと、ベッドの中で彼に会えるのをゆっくり待った。

あとがき

こんにちは、成宮ゆりです。

この度は「標的は貴方」を手にとって下さり、ありがとうございます。

挿絵《さしえ》を担当してくださった高崎《たかさき》ぼすこ先生、アロハシャツの狙撃《そげき》手という理解しがたい人物に、素敵な外見をつけて頂けて嬉《うれ》しいです。先生の描《えが》く金髪碧眼《きんぱつへきがん》のエリアスは、眼福以外の何物でもありませんでした。そして野心家を装いながらどこか諦念《ていねん》している主人公も、大変魅惑《みわく》的な容姿で、一生眺《なが》めていても飽《あ》きない気がします。スーツ姿が殊更凛々《ことさらりり》しくて、拝見しているだけで脳の萌《もえ》を司る神経が絶え間なく刺激《しげき》されます。モノクロもカラーもどちらも最高です。ご多忙《たぼう》のところ、高品質なイラストをありがとうございました。

本作は「狙撃手」の話です。「非日本人攻《ぜ》め」の話でもあります。件《くだん》の狙撃手は冒頭《ぼうとう》から銃《じゅう》ではなく楽器を弾《ひ》いていますが、一応彼の存在自体が此度《こたび》のメインテーマでした。

そして前半で常に狙撃手に呆《あき》れている宇田川ですが、普段《ふだん》関わることのない性質のエリアスと出掛《でか》けるのは、わりと最初の頃《ころ》から楽しかったのではないだろうかと推測しております。

今後は休日の度に二人で色々な場所に外出しそうな気がします。

そんな想像はさておき担当様、前回は素敵な帯を楽しく拝見させて頂きました。今回の帯も楽しみです。また、この度も数々のご迷惑《めいわく》をお掛《か》けしてしまい、申し訳ありませんでした。

担当様の主成分はきっと「優しさ」だと、推測しております。

度重なるお心遣《こころづか》い、心より御礼《おれい》申し上げます。ありがとうございました。

最後になりましたが読者の皆様《みなさま》、あとがきまで読んで頂けて嬉しいです。少しでも楽しんで頂けたら幸いです。

いつもご感想や季節のお便りを頂き大変感謝しております。厳しい御《ご》意見も温かいお言葉も、大切に読ませて頂いております。デビューして以来頂いたお手紙は、全て保管しております。不安になったときや落ち込んだときに拝読し、その度に意欲《いよく》や活力を頂きました。頂いた言葉は、まるで心の奥を明るく照らす光のようでした。

本当にありがとうございます。

それではまたいつかお会いできることを祈《いの》って。

平成二十六年二月

成宮　ゆり

標的《ひょうてき》は貴方《あなた》
成宮《なりみや》ゆり

角川ルビー文庫　R110-32　18490

平成26年4月1日　初版発行

発行者――山下直久
発行所――株式会社KADOKAWA
東京都千代田区富士見2-13-3
電話(03)3238-8521(営業)
〒102-8177
http://www.kadokawa.co.jp/
編　集――角川書店
東京都千代田区富士見1-8-19
電話(03)3238-8697(編集部)
〒102-8078
印刷所――旭印刷　製本所――BBC
装幀者――鈴木洋介

ISBN978-4-04-101305-2　C0193　定価はカバーに明記してあります。